文春文庫

スナックちどり

よしもとばなな

文藝春秋

目次

スナックちどり

ああ　若き漁師ドーナル　あなたが海を渡るとき必ず連れてって
決して後悔はさせない　あなたにふさわしい女性になるわ
初めてあなたに恋したとき　私はまだ若い娘に過ぎなかった
でも今は幼かったあなたへの想いも　深い真実の愛へと変わったわ

おお　若いドーナル　高貴なあなた　黄金色の髪が美しい額にかかり
数えきれないほどの若い娘が　あなたに心奪われた
あの日　約束どおり羊小屋で待っていた　ずっとずっと待っていた
あなたの名を何度も呼んだけど　聞こえたのは羊たちの鳴き声だけだった

あれは雨の降りしきる暗い夜　二人で外に抜け出したとき
私は石段を踏み外してつまずいたけど　あなたは手を差し伸べてくれなかった
つまずいた私に　やさしい言葉の一つもかけてくれなかった
あなたは愛してくれてない　あのとき初めてそう気づいたわ

アイルランド民謡　コネマラのシャーノス「若きドーナル」より

イギリスのコーンウォール地方のはじっこにほど近い、ペンザンスというその町……

そこには特に見るべきものはほとんどないとされていた。

ガイドブックにもほとんど載っていない。

夏至に珍しい祭りがあるというくらいで、それ以外の季節に関しては全く有名じゃない。

もう少し西へ行けばランズエンドがある。名前の通り西の果てにある有名な場所だ。

イギリスの西の果てのあまりにも端っこすぎる崖っぷちしか見るものはなく、そのわりに観光客は多いらしい。崖っぷちを見たあとで寄るために作られたのどかなアミューズメントパークみたいなものもあるらしかったから、そこに行けば一日楽しめただろう。

しかし、結局そこには一度も行かなかった。

ペンザンスだけでもうすでに充分な端っこ感があったからだ。

私は隙間に入りたがる猫のようにあの街にすっぽり収まってしまった。

そこにはストーンサークルもなければ、ほっそりとした姿の謎の白い馬が山肌に大きく刻まれているわけでもない。アーサー王の物語の気配に満ちたコーンウォールの光と影が激しく彩る神秘もちっとも届いていない。その物語の香りがちょっとひそんでいるくらいだった。

ペールブルーに淡く続く海とさびれた感じの港と新鮮な魚介類があるだけ。

もやっとして、もさっとして、風が吹いて、ただうらさびしい、そんなところ。

海辺特有の透明な光が人々の姿を照らし出し、その影を幽霊みたいに透かす場所。

ちょっと足をのばすとセントマイケルズマウントという名前の、海にぽっかり浮いたお城と教会があるのがいちばんの売りの場所。

潮がひいているときはその小島に歩いて渡ることができるが、満ちていたら小舟で渡るしかない。まるできょうだいみたいな感じでフランスの世界遺産のモンサンミッシェルがあるが、そっちのほうは大人気だ。

比べてセントマイケルズマウントは同じ意味を持つ名前だというのにひどくさびれた田舎だし、観光客も少ない。のんびりしていてのどかな小島に、巨人が住んでいたという伝説があるだけ。

なのに私とちどりはそんなペンザンスに魅入られたように四泊もしてしまった。

ロンドンに帰る予定を延ばしてまで、そしてけっこう高いホテルに連泊してまで。

表向きはホテルの朝ご飯がおいしいからということになっていた。

でも違った。

私たちはその町の孤独にからめとられ、つかまってしまったみたいだった。

私とちどりが共通して持っていた淋しさが町の空気にこだまして、町が私たちに魔法をかけた。それは目隠しの魔法、時間を消す魔法だ。

私たちはそこで幽霊に生まれ変わったような不思議なときを過ごした。


仲のよい女のいとこのちどりと、なんの気なしにロンドンで待ち合わせをしたのが全てのきっかけだった。

ちどりの両親はちどりが小さい頃離婚をした。

そのあとお父さんの行方はすっかりわからなくなった。

ちどりのお母さんは私の母の妹で、ちどりが十歳になる頃にもともと持っていたC型肝炎を過労でこじらせ肝硬変で突然亡くなった。ばりばりのキャリアウーマンだったたちどりのお母さんは、祖父母の家に戻りたくないから働いてひとりでちどりを育てると決心していたので、いくつも仕事をかけもちして疲れ果てていたのだろう。倒れて意識をなくしてから亡くなるまであっというまだった。

ちどりをうちで引き取るという話は当時よく出ていたけれど、おばあちゃんっ子だったちどりは祖父母と暮らすことを自ら選んだ。

私の母はそれ以来常にちどりを気にかけるようになり、母と祖父母との関係もいっそう深くなったと思う。私は母ほど祖父母のもとに顔を出さなかったけれど、ちどりの様子はいつも知っていたし、つかずはなれず、しかし姉妹のように近しく感じながら育ってきた。

お金を入れようかと私の父と母は何回も申し出たが、祖父母は決して受けとろうとしなかった。いざとなったらお願いするから、と言いながら、お願いされたことは結局一度もなかった。

そういうわけで、ちどりはずっと祖父母と暮らしていた。

祖父と祖母は元々幼なじみで、私鉄沿線の駅裏のごちゃごちゃした路地がある界隈《かいわい》で生まれ育った。

二十四時間だれかしら人がいて、スナックと飲食店がたくさんあるけれど風俗店はない、そんな感じの小さな飲屋街だった。

祖父母はその人間関係の中で知り合い、恋をして結婚し、結婚祝いにと知り合いに譲られた小さなスナックをやっていた。

祖父が元々ホテルのバーカウンターでバーテンダーをやっていたことを知っていた建物の持ち主に「やってみたら」と譲ってもらったそうだ。

その頃はスナック文化が全盛だったので、祖父母の店はかなり繁盛していた。羽振りのいい常連さんもあふれていた。毎晩たくさんのボトルが入れられたし、どこかの会長さんだというお客さんの出資でグラスも全部バカラになった。

スナックが一階にあるその建物はこぢんまりとした一軒家で、一階の店の奥には小さな部屋があり、そのはじっこには二階へ続く階段があった。

彼らはずっとその二階の開放的な間取りで窓が大きい広めの二間に住んでいた。一階のお店がリビングがわり、一階の小部屋はほとんど倉庫になっていて、二階が彼らの生活の場だった。

数年前に祖父が老衰で亡くなり、去年の十一月に祖母が膵臓《すいぞう》がんで亡くなった。

祖父母のお見舞いに行くたびに病院で何回もちどりに会った。その時期、看病の合間のちどりとたびたび共にごはんを食べたりしたことで、私とちどりはもう一段階うちとけた気がした。

いとこと大人になってから再びうちとけるというのは幸せなことだった。

母ほどには祖父母の店に顔を出さず、私はたまに会いには行くものの自分の生活で忙しくてあまり顔を合わせない年代を過ごしていたからだ。

年の頃もだいたい同じだったし、私がちどりの家に手伝いに行ったり(店は手伝わせてもらえなかったし、そうじ好きなちどりにそうじも手伝わせてもらえなかったが、お見舞いや差し入れやつきそいでは役にたつことができた)、看病の合間にちどりが私の実家に来てごはんを食べて行ったりした。

そういう時期は数年間続いた。

祖父に続いて祖母がついにこの世を去ってから、ちどりはひとりになった。

特に引っ越す気もないしなじみのお客さんもいるからということで、ちどりはスナックをバーに変えて店を継ぐことに決めた。

三月末から、ちどりはスナックの本改装の前の少しだけ空いた時期だからひまだし、と言ってパリの友だちのところに滞在していた。

私は去年の末に離婚を決めて、それにまつわる様々な手続きが終わるのを待つ間、実家に出戻っていた。十年間続いた結婚だったが、ついにどうにもならなくなったので離婚することにしたのだ。

私の実家にはリタイアした父と、お華の先生をやっている母が住んでいる。弟もいるが転勤で今は島根にいて、向こうで結婚して子どもをもうけていた。ひものやお菓子はしょっちゅう送ってくるが、本人たちは年に一回来るくらいだ。

私が出戻ってきてしばらく両親はちょっと嬉しそうだったが、それでももう実家には私にとってほんとうの意味での居場所がないことには変わりなかった。

結婚していた間もずっと共働きをしていたので、私は自分の仕事で稼いだお金を貯金していた。

離婚して仕事を辞めざるを得なかったので退職金も出たし、慰謝料も多少はもらえそうだったし、実家に戻ったのでお金のことであれこれ悩まなくていいのは私にとってよいことだった。

私の元職場ではずっと前からいつも元夫が大活躍していたので、私のほうが辞めるのは当然の流れだった。彼は私よりもずっと有名な人だったし、会社にとっても重要な人物だったのだ。離婚のいざこざのときにそのことも露骨に思い知ることとなった。

実家にいると気持ちがふさぐので、とりあえず気持ちを建て直すためにお金を少し使って気晴らししようと思い、私はイギリスに一ヶ月くらいいることにして、ロンドンの友だちの家の一部屋にステイしていた。昔勉強していた英語をブラッシュアップして次の仕事に役立てようと思い、短期留学のつもりで個人レッスンも受けていた。

ちどりと「しょんぼりしているもの同士、同じヨーロッパにいるのだからどこかのタイミングでなんとかして会おうか」とメールでやりとりしているうちにその小旅行が実現したというわけだった。

「どこか行きたいところある？」

とたずねたら、

「ペンザンスってところに行ってみたい。雑誌を見てたらかわいいホテルが載っていたんだ。感じのいいところだった。シェフがとってもイケメンだったし。朝ご飯がすごくおいしそうな感じだったの。窓から海が見えるホテルよ。」

とちどりは書いてきた。

そのときに私たちがペンザンスに持っていたイメージは、気持ちが明るくなるようなさわやかなリゾート地だったと思う。

私としては別にそんな遠出をしなくても、ふたりでロンドン市内あたりをのんびり観光できるだけでもよかったのだけれど、私はちどりにとって祖父母がほんとうに大切な人だったことをよく知っていた。育ての親だし、職場も同じで、祖父母以上の関係、人生全てのパートナーだった。

その人たちを失ったちどりがどんな気持ちかと思うと、よしよし、どんなところだっていっしょに行ってあげよう、と素直に思えたので、ペンザンス行きの話に乗ることにした。

そこがどんなところかわからないけれど、ちどりと行くなら気がねなくのんびりした時間を過ごせそうだと思ったのだ。

ロンドンで待ち合わせて半日観光してから、列車に乗ってペンザンスに向かった。

ペンザンスまで何時間も列車に乗ったのだが、長く感じなかった。

やはり海外にいるとなにかと気をはっているし、ステイしている友だちの家でももちろんしっかり気を使うタイプの私とちどりは、途中から血のつながりの安心感のようなものではりつめていた気が緩んでふたりとも座席で爆睡してしまい、目覚めたらもうあっという間についてしまっていたのだ。

色とりどりの列車を降りて駅のホームに立ったとき、私は思った。

「なんちゅうど田舎に来てしまったんじゃろう！」

そして言った。

「これは……予想とは違って、軽井沢ではなく佐久平《さくだいら》というか、大宮ではなくて熊谷というか、赤羽《あかばね》ではなくて十条というか……。」

「言いたいこと、すごくわかる。」

ちどりは言った。

「でもいいんじゃないかな。こんなところでのんびりすると、ほんとうに休めそう。やっぱりさっきまでいたロンドンはすてきだけれどなにかと疲れるね。それはパリも同じ。とにかく人が多いし。」

ちどりは男好きのする東洋的なきりっとした顔をしている。

大きな口と薄い唇が色っぽい。ストレートの長い髪を下ろし、トレンチコートを着てデニムをはき、薄い白のセーターをちらりと見せてすっくと立っていると、背が高い彼女は韓流ドラマに出てくる女優のように見えた。

祖母が死んでげっそりやせたちどりはいっそうかっこよくなっていた。

私も負けずに東洋系の顔だけれど、男好きはしないタイプなのがとても残念だ。私はただの地味顔なのだった。化粧映えはするが化粧を取るとなにもなくなってしまうような顔。鼻だけはまるで整形したみたいにすっと高い。背はちどりより十センチくらい低く、足もまあまあすらっとしているが、ほお骨が出過ぎていてバランスの悪い顔をしている。薄毛の茶髪のショートカットでさらに眉毛が薄くて、いつもこわい人に思われてしまう。仕事の後輩たちは見た目だけで確実に私を恐れていたと思う。

しかし、その場所では私たちの見た目の取り合わせはかなりよかった。

異国の地にふたりでいるかっこいい東洋人女性たち、何人だか一見わからないし、関係性もわからないし、何をしている人たちかも謎だ、そんなイメージの中に遊ぶことができた。

あまりにもみんなが露骨にそういう目で見るから、楽しくなってきたくらいだ。ニーハオとかアンニョンとかコニチハとか、あてずっぽうで子どもたちにさんざん声をかけられた。

そう、そこに降り立ったとき、まるでまっさらのティーンエイジャーみたいに、私たちはさっそうとしていた。ほんとうはもう四十近いんだけれど、気持ちは前向きだったと思う。

考えようによってはどちらにも可能性がもう一回開ける時期だということを、思い出せた。

くたびれてはいるけれど、心は自由になったような感じだった。

今はまだとても今の状況を可能性とは思えないが、もう少ししたらいろんなことが新しくなるような気がしていた。

今から人生仕切り直し、単なるリセットではなく、これまでに育ててきたものを全部生かして全く別の道を進みはじめるとき、ふたりともがそんな意気揚々としたイメージの中にいた。

しかし私たちのそんな空元気はその町の茫洋《ぼうよう》とした気配の前には、かなりもろかった。

パリやロンドンにいたときは街の勢いでごまかすことができた淋しさがすでに、ウィルスみたいに私たちの胸を侵しはじめていた。

四十にならんとする時点で子どももなく離婚して実家に出戻ってくるって、一般的に考えたらかなり絶望的なことなんだろうなあと、自分のことなのに人ごとのように思う。年老いた両親は腫《は》れ物に触るように私の毎日をそっと見守っていた。家の中の空気がそのまなざしの蓄積でしっとりと重かった。

私だってそもそもそんなことになってしまう気はなかったのだ。

できれば彼との間に子どももほしかったし、彼とだってずっと楽しく過ごしていたかった。別に嫌いで別れたわけではなかった。二人の関係がもうどうしようもなくなったから別れただけだ。

この先どうするの、親だっていつまでもは生きてないんだよ、とたくさんの人に言われた。でももともと親がいないちどりは決してそんなことを言わない。そこがとても楽だった。私たちが交わすのは、

「ガム食べる?」とか、

「ほら、天使のようにきれいな金髪の子どもがいるよ、見て。」

そういう会話ばかりだった。

さすが長年スナックを手伝っていただけのことはある。ちどりは人の神経に触れる話を決してしない。それなのにそのたたずまいだけで、すでに全部を聞いて受け入れてもらえているような気分になる。

このところ私はずっとモヤモヤしていた。

いろいろな人の思いが、口に出さない気持ちが、私のまわりにもやもやと漂っていたからだ。

そんなこと知ってます、私もそう思いますよ、でもしょうがなかったんです。かといって元夫の悪口は言いたくありません。彼が浮気したとか、私も現場をおさえたわけではないけれどどうも副業で大麻を売っているみたいだとか、私を殴っただとか。だってそんなこと言ったってもうしかたないもの。

私はこの数ヶ月間ずっとそういうことをほんとうは思いながらも口に出さず、いろんな人の質問をてきとうにかわし、大事なことはだいたい黙っていた。

でも彼と暮らしていた今よりも少し若き熱い日々を思い出すたび、やはり目の前が暗くなった。

あの日に戻れないなら、もう私の人生にはなんにもない、そんな気持ちがしょっちゅうこみあげてきた。楽しさだけを基準にするなら、話上手で勘がよく、人の気持ちをさっと察して的確なことを言える彼との暮らしはやっぱり楽しかったのだ。

私は有名な高級おにぎり屋チェーンの広報として長年働いていた。短大卒ですぐ入社してからだから、勤続十数年になろうとしていた。

元夫は五つ年上で、本店の店長だった。

人望が厚くてすぐに店長になったというくらい人当たりのすばらしい人で、そのポジションが一度もゆらぐことがなかった彼に私はすぐに信頼を感じたし、彼のヒッピー的な経歴もかっこいいと思った。

今はきりっと短髪にしてすごく細身の体をぴしっと制服に包んでいるけれど、もっと若い頃は長髪にひげでカリフォルニアの森の中にあるコミューンに住んで自給自足の生活をしていたという不思議な経歴も、面白いことが好きな私にはやたらすてきに思えた。

若いときの、写真の中の彼はオダギリジョーという俳優さんにとても似ていた。しかし、目だけが違った。彼の目はオダギリジョーもかなわないくらいいつでも元気よくきらきら光っていたのだ。そのきらきらした目を見ているだけで、自分が生きていることを赦されている感じになったり、活気が取り戻せるくらいの輝きだった。

彼は自給自足生活のとき、収穫した玄米で塩と梅とのりだけのおにぎりを外国人の仲間たちに振る舞ったらあまりにもほめられ、おにぎりというもののすごさを知ったから、日本に帰国してすぐにおにぎり屋に就職したと言った。

「人を楽しませる仕事をしてるのは最高のことだ。おにぎりは日本の宝なんだ。」

いつお店に行っても彼は上機嫌だった。

赤ん坊がくればさっと席を見つけてきたし、お年寄りには自分がしゃがんでひとつひとつメニューを説明していた。

「ここ、ここがあいてますよ。赤ちゃんを育てるにはお母さんがちゃんと休まないと。」と手をふって席に案内した。お金のためにそうしているのじゃあなく、彼はほんとうにそういう人だった。心からそういうふうに人々を大切に思っていたし、そう思っていることが人にどう思われるかを知っていた。そのフィードバックが彼を生き生きさせていた。彼はつまり、とにかくなにを差し置いても人に好かれていたい人だったのだ。彼は常に陽気さを発散し、ひたすら楽しいことを考えて、幸せな雰囲気に中毒しているように見えた。幸せが幸せを呼ぶというのはあながちうそではなくて、彼のまわりには今にも楽しいことが起こりそうなハイな雰囲気に常に満ちていた。

「おばあちゃん、この梅干しは南高梅《なんこうばい》なんだよ。ちょっと甘いの。もししょっぱい梅干しが好きなら、苦手なおにぎりかもしれないよ。だったらこのカリカリ小梅と白むすびを買ったほうが安い上に好みかもしれない。よくよく考えてみてね。おいしく食べてほしいからさ。」

座り込んでじっくりとおばあちゃんと会話、そんなことをしているから、店にはやたらに行列ができる。でもみんなもてなされたり人として扱われることを知っているから、行列を苦と思わない。

席をつめこんだりやたらに片付けをして早く帰そうともしないので、本店はいつでも大人気で、行列も宣伝効果のうちになっていった。

テイクアウトと店内で食べる人の列をうまく分けることを思いつき、それで効率も上がっていたのですれすれのところで本社で問題にもならなかった。

なによりも彼が振りまくあたたかく軽くハッピーな雰囲気はとにかく都会に疲れた淋しい人々をひきつけ、優男のかわいい店長さんがいるということでおばちゃんやおばぁちゃんにも人気、ＯＬもなごみに来るし、子どもも大歓迎だったので、彼の存在はお店をいつもトップクラスの業績に保った。

彼は本社で「本店の魔術師」と呼ばれていたくらいだ。

営業部長によく「君の接客はマニュアル化できないからチェーン店には合わない」といちおう怒られていたが、有無を言わさない実績があるわけだから怒られるのも形だけだった。

彼は全く意に介さず「だって楽しくないと人も来ないじゃないですか、むしろ他の店が僕に合わせるべきです。成績がいいほうがいいのですから。部長もいっしょに接客してみましょうよ。差がわかりますから」などと言ってどんなまじめな勧告も受け流した。

そんなことをひたすら続けていたから、いつしか上司たちにも愛されてかわいがられる人になった。本社勤務に誘われても「現場がいい」と彼が言えば、なぜか許された。会議に出る回数を増やすから現場にいさせてくれ、でないとすっぱりと辞めるとまで彼はもっと柔らかい言い方で直属の上司に訴えかけた。上司はそれを許した。

彼のそういう性質は別れる最後のときまで全く変わることがなかった。

「ああ、さっちゃん、冷えたらだめだ。足元が軽すぎる。」

出会った頃、彼は本店に用事があって顔を出す私にそう言った。

私はよく裸足にミュールみたいな感じのかっこうで、夏に冷房の効いたところに行っていたのだ。

「こんな暑い夏に靴下なんてはけないわ。外を歩く仕事なんだもの。」

私は言い返したものだった。

「じゃあ、彼氏に大判のストールを買ってもらいなさい。それを持って歩くんだ。こういう涼しいところに入ったときに足がかわいそうじゃないか、寒そうで。」

おかまちゃんか親戚のおじさんみたいに彼は眉をひそめた。

私がほんとうにストールを持って店に行くようになると、彼は心から嬉しそうにした。まるで自分の足が温かくなったかのようだったし、実際に彼はそう感じる人なのだ。

その雰囲気に私もすっかりやられてしまったのだ。

私が部屋を出る引っ越しの朝、起きたときから彼はずっと泣いていた。

おいおい泣いているのではなく、目からずっとただだらだらと涙が出ているという感じだった。なんでこんなことになっちゃったんだろう？　と何回も言った。

鼻も真っ赤だし、目も腫れているし、まるでしかられたちびっ子みたいだった。

そのはかなくて自分の感情に素直で、勢いのある様子は私に初めて出会った頃の懐かしさを呼び覚ました。

「引っ越し屋さんが十一時に来るから、そのとき彼らといっしょに出るね。」

私は言った。

「もう会えなくなるわけでもないし。別れっていつもこういうせっぱつまった気持ちになるものだから。今はどんなに悲しくても、いざ目の前にいなくなって明日になったら案外さっぱりしてるかもしれないわよ。」

「さっちゃん、目の下にクマができてる。ちゃんと顔のマッサージをかかさずに。引っ越し屋さんはちゃんといくつか比べて見積もりとった？　面倒くさがって一軒目で決めちゃったんじゃないの？」

私の言ったことを無視して彼は言った。

そのとおりだったので、私はそうだと言って笑ってみせた。

「心配だね。僕がいなくてほんとうに大丈夫？」

彼はほんとうに真心のこもった声でそう言った。

「そう思うなら、こんなになるまでものごとをほうっておかないでよ。」

私は言った。

「もう遅いよ。」

彼は目からただ涙を流し続けながら言った。

「なにかいけないことあったかねえ。僕はいつも僕のままだったんだが。仕事もかなりばりばりやっていたし、副業もけっこう儲かっていたし。これからはさっちゃんをもっと楽にさせてあげられるのに。さっちゃんみたいな人はお姫様でいてほしいんだけどねえ。ほら、森の中にキノコの王座があって、そこに座って足にネイルをしてもらってるみたいな、そんなお姫様に。もっと稼いでほんとうにそんなふうにしてやりたかったんだけどな。」

「そんなこと私は望んでない。広報のＯＬ大好きだったもん。足を棒にして東京中を歩くのも。男に生まれたら営業マンになりたかった。とにかくじっとしてるのが嫌いだから。」

私は言った。

「欲がないんだねえ。だからこそがまんできないこともいっぱいあるんだね。」

彼は言った。

「浮気とか麻薬の販売とかに関してはどうなのよ、暴力も。たいていだれだってがまんできないと思うよ。」

私は言った。

「それは、さっちゃんが枠の中で考えるからだよ。副業がなかったら稼げないし、だいたい大麻の何が悪いの？ 法律で禁じられてるのはわかるけど、僕にとっては若いころからずっとそばにある薬みたいなものなんだし、僕にはやくざとからんでないきちんとした国産の販売ルートがあるんだから。それだって僕の人生の一部なんだ。あとさ、浮気ったって人の相談に乗るのも店長の仕事のうちだよ。かわいい若い子が人気のないところで抱きついてきたら、だれだってキスくらいするって。さっちゃんだって処女じゃあるまいし、なに言ってんだか。暴力って、それはさっちゃんがきれいじゃなくなって、鬼警部みたいになってきたからつい一発平手打ちしちゃっただけじゃん。けんかのうちだよ、そんなの。さっちゃんはねえ、だいたいいろんなことが狭すぎなんだよ。いっぺんカリフォルニアにでも住んでみたらいいと思う。その固定観念に満ちた価値観をくつがえさないと。」

彼はしゃあしゃあとそう言った。

しかし、私をまっすぐに見つめるその澄んだまなざしにはほんとうになにも悪いことをしていない人だけが持っている透明さがあった。

彼は常にほんとうの本気だった。

私たち、単に組み合わせが悪かったんだ、と思った。

おっとりしていて「あら、想定外のお金が入ってきた？　それはよかったじゃない。食事でも行きましょう。私歩く仕事大っ嫌い」そんな女性なら大丈夫だったような気がする。私だって昔はそんな女性に憧れていなくもなかったのだ。

仕事をして毎日を積み重ねているうちに、どんどん今の自分の状態が形作られてしまっただけなのだ。

私は人よりも自分が静かに控えめにしていないと落ち着かない。

自分のほうが重い荷物を持っていないと、仕事をしたという気がしない。

広報という仕事の地道な蓄積と、それで得た評価が私を条件づけてしまったのだ。

人間は成長した地点から昔に戻ることはできない。

それが成長の代償なのだ。

それに、あなたは面白すぎる！

面白いからというだけでこのままいっしょに行ってしまいたいが、どうも落ち着かないのよ！

そんな心の声をみんな口に出してみたら、元夫はげらげら笑い出した。彼の笑っている顔は細めた目がとてもかわいくて、小学生くらいのまだ全身がか細い男子みたい。性別を超えたリスみたいなかわいらしさが感じられた。

私にしたって、彼のその独特の価値観に彩られた妙にきらきらした、ぺらぺらした世界が好きだったのだから仕方ない。

自分がまだ若くて余力があれば、彼がこんなにも毎日面白いというだけで全然つきあえたのだ。しかし生活に関する細かい決定がからんだり、人生の重みを味わうようなこと（たとえば、祖父母の死を見たり、子どもを産まない人生を考えたり）となると、ずっとこうだと思うとやっぱり疲れちゃったんだよな、と何回も納得したのと同じ道筋で私はもう一回納得した。

私には、しだいに彼の生き方の本質がほんのわずかの差で、ほんとうに競馬で言うと鼻の差くらいで、ごまかしのほうが勝っているように見えてきたのだ。

九割の真実と、一割の逃げ、その逃げの部分がどうしても気になって、じくじくと膿《う》んだ傷のように治らなくなった。

つらいものやきついものを、ただただ受け止めた上で陽気を心がけるということと、見ないようにして散らして浮かれるというのは、似ているが大きく違うと思う。そして一割でも逃げが入ったら、その前のがんばりは全部台無しになる、そんな気がした。

彼は自分でも多分そのことを知っていて、どうしても受け止められないし、変える気がない。最後の一線が病んでいるからだ。彼はそれに向き合いたくないし、別に癒そうとも思っていない。人気があってうまくいっていればそれでいい、そこは彼にとって聖域なのだった。

どんなに私が愛を注いでもそこにだけは届かない。

私は彼との関係に絶望していた。私の育った世界は愛が愛を呼ぶ世界だったが、彼のいる場所はもっと殺伐《さつばつ》としていた。

もしも殺伐の上に愛が花開いて彼が人に親切なのだったら、私はそれを愛しただろう。

しかし、彼は自分にないものを他の人から欲しがっていて、その供給を求めて人に優しくしているのだった。

私にとって、それは商業でもないし悲しさでもなかった。彼を仕事の座でのしあげるまでうまく機能しているのだからそれはもう「たかり」に近い気がした。彼に親切にしてもらっている人も、彼も、ほんとうの愛や誠意とは違うものをそれだと思っている。そこまでからくりを見てしまったら、その中に含まれているかもしれない小さな真実を愛《め》でることはできない。

「わかりました、出直してきます。またいつかご縁がありましたら。毎日の中にある、あなたの親切さはほんとうに好きだった。気持ちが華やいだし、他のだれも人をそんなふうに明るくしてあげられないと思うよ。」

私は言って、微笑《ほほえ》んだ。

昨日作ったカニサラダを、冬の朝の光の中でもぐもぐと食べながら。よくいっしょに食べた定番のメニューだった。まるでいつもの朝、そしてこれからはもういっしょに朝を迎えないということが私も信じられなかった。

でも一方ではどこかせいせいしていた。

やっと、この世界から出られる。毎日がディズニーランドやカートゥーンネットワークのようなこの世界から。

どんなに現実が悲惨でも、私はそのほうがいい、そう思っていた。

自分の体を離れないで、地に足をつけて泣いたり笑ったりしたいのだ。

私は両親からそのように育てられていた。

「またしゃあしゃあと、そんなことを。さっちゃんの笑顔には弱いんだよなあ。」

彼は言って、泣いた。

「広報の仕事なんてやめて、僕らの赤ちゃんを育ててほしかったのにさあ。いつまでも仕事やめないし、不機嫌だし、こわいし。女の子なのに、もったいない。」

ほんとうにこの人、日本人にはなかなかいない、すごく珍しい人だなとあらためて思った。

価値観の似た男の人は見つけられそうだったが、こんなふうな、おかまと子どもと男らしさが素直に共存したような変わった人はなかなか見つけられない。ほんとうにいい体験をした、と思った。人生の若い一時期、彼といられたことは、永遠に続く幼稚園時代に参加したようなもので、得難い体験であった。

私はすっかり納得していた。感情はまだしくしくと痛かったけれど、しかたなかったんだと心から思えた。これより先はないふたりなんだと、空間全体が終わりのムードを歌っていた。

「カニサラダの残り、まだ冷蔵庫に入ってるからよかったら早めに食べてね。」

部屋をいっぱいに満たしている光の中で、私は立ち上がった。

ふたりの小さなキッチンが光で真っ白にさらされていた。ここでいろんなものを作ったり食べたりしたなあ、楽しかったこともあった、と私は思った。

夜中までえんえんしゃべったり、キスしたり。セックスしてそのままふたりとも床で寝ちゃったり。寒いからってお風呂に入ってスープを飲んだ冬の思い出もあった。

夏にはマンションの屋上で星を見ながら冷えたワインを飲んで、酔っぱらってそのまま散歩に行ったりしたものだった。

楽しいことを見つけるのが得意な子どものように暮らしていた私たちふたりだった。

「すぐに戻って来ないと、知らないよ。店長ってのはやたらにモテるんだから。」

捨て台詞を言って、彼は背を向けた。

戻らないって、私は意外に振り向かないタイプなんだってば、と私は思った。

それでもなにかが終わる瞬間だったのは確かだから、全ての瞬間が貴重に思えて、ひたすらに胸が痛くてえぐられるようだった。

見栄っ張りで、インチキで、薄っぺらで、まぶしいくらいに生き生きしていて、かわいい私の元夫。

もしもあなたが私の子どもだったら、抱きしめて決して離さないのに。

子犬みたいな髪の匂いを吸い込んで、自分の温度をみんなあげたのに。

どんなにバカでもインチキでもいいからって、私だけはそばにいるって、大好きなまで一生そばにいられたのに。

そこまでは、どうしても愛せなかったんだ。しかたがない。


ちどりと私は駅でタクシーを拾って件《くだん》のホテルの名を告げた。

ずっと海沿いの道を、駅からほんの十分ほど走ったら、その、ちどりが泊まりたかった小さくて真っ白なホテルがあった。

エントランスはとても小さかったが、きれいに磨き込まれた大理石が歴史の重みを感じさせた。外側は最近塗り直したらしく、潮の香りに混じってまだかすかにペンキの匂いがした。

「うわ、かわいいホテル。ちどり、意外に少女趣味。」

私は言った。

「そうかなあ、こっちのB&Bってだいたいこういう感じじゃない？　私、そういうイメージを持っていた。なんていうかさ、あちこちが花柄で。どこもかしこもウィリアム・モリスみたいな。」

低い優しい声でちどりは言った。

その声はそのかわいらしいホテルとちぐはぐで、そこが妙にいじらしく感じられた。

「私、こういうところに泊まってみたかったんだよね。一度。」

ちどりは目をきらきらさせてそう言った。

フロントの重厚な色の木でできたカウンターは驚くほど小さくて、いかにも家族経営という感じのホテルだった。

バーカウンターはそのフロントのカウンターとつながっていて、ロビーとバーもほとんど一体化していた。全てがとにかくこぢんまりしていて、おとぎの国に来たようだった。

ロビーは昼でも薄暗く重くてもっさりした茶色いインテリアだったが、整頓されていて小ぎれいだったし、バーにはちゃんとギネスの生のサーバーもあったし、渋いながらも整ったその環境にほっとして、私はすっかり楽しくなりそうないい気分になってきた。チェックインをすますと、ポーターもいないしエレベーターがないので必死で荷物を持って二階の部屋まで私たちは上がっていった。

歩くたびに階段がぎしぎしいって、もしも思い切り飛び上がって着地したら踏み抜いてしまいそうな古さだった。

ホテルの雰囲気に似合わないくらいずっしり重い白木のドアを開けると、その部屋はやたらに天井が高く細長くて、天井まで開かれた大きな窓からは静かな海がはるか遠くまで見わたせた。

しかしちっともにぎやかな気持ちにならなかった。その静かさと言ったら、まるで死の町みたいだった。

たまに人は通る。車だって通る。でも、全てが海から来る薄いブルーとグレーの気配に沈んで、なにもかもが、気持ちさえもが夢の中のように淡く変貌してしまうのだった。

うすら寒かったので、私たちはとりあえずヒーターを最高温度にしてつけて、部屋のはじっこに並べて荷物を置き、そろってベッドに寝転んだ。

「ねえ、さっちゃん。」

ちどりは言った。

「そう言えばさっちゃんって、離婚したの？」

「厳密には手続き中。相手がなかなか応じてくれなくて。でも、やっと先週印鑑を押した書類が返ってきたって、お母さんから連絡があった。もう少しで裁判になるところだったよ。」

私は言った。

「こっちもばあちゃんのことでばたばたしていて、ちっとも相談に乗れなくてごめん。」

「ねえ……。」

ちどりは言った。そして続けた。

「あの人って、もしかしたらゲイですか？　あるいはほんとうは中国人？　さっちゃんって実は偽装結婚してたの？」

「違います。」

私は即答した。

白い窓枠の向こう、薄く白い雲がある空を、白いかもめが小さな影になって飛んでいく。

海にはちらほらと白い波頭。

なんてのんびりした景色なんだろうと思った。永遠に終わらない日曜日の午後みたいな、間延びした時間が流れている。

「あんなにもおしゃべりが面白いってのは人としてすごい長所だけどさ、それに人好きがしていつも人が集まってくるんだろうけどさ、なんか落ち着かないよね。あの人といると、多分。いつでもテンションが高すぎて。」

ちどりは天井を見たままぼそっとそう言った。

私はぽんと手を打ちたくなった。

「よくわかったね、そんなことまで。」

私は言った。

「一、二回いっしょにお店に行っただけなのに。」

元夫を「スナックみどり」（みどりは祖母の名前だ）に初めて連れて行った頃、まだ祖父は生きていて二階にふせっていた。

「それはそれですごく幸せな時期だったよ。じいちゃんを引退させてあげられて。多少はボケていても、二階でいっしょにのんびりTV見てね。じいちゃんはずっとお店でカクテル作って立ちっぱなしの人生だったから、やっとゆっくり座ってもらえて嬉しかった。しょっちゅう様子を見にばあちゃんも上がってきて、私がじいちゃんにごはん作って食べさせて。店にいても『上にじいちゃんがいる』ってわかってるだけで、私もばあちゃんも安心してたしね。いい時期だったな。案外、人生でいちばん幸せな時期だったのかもしれない。」

祖母のお葬式でちどりはそう言っていた。

私は、どうしても聞けなかった。

これからの人生にはもういちばん幸せな時期は来ないと思うの？　と。

きっと「そう」ときっぱり言うと思ったからだ。

いちばんいいことはもうすっかり終わったよ、と。

ちどりは祖父母とお店だけが命で生きてきたのだから、一生彼らを思ってこれからもあの場所で生きるのだろう、そう思えた。

そのがりがりに痩せた首と肩で。すらっとした手足で。「幸薄そうに見える人」とほんのひと味だけ違う、その独自の輝きを持ったままで。

私と元夫が寄った日も、ふつうに祖母は店に出ていたし、ちどりは手伝っていた。

祖母の作る煮物は絶品で、もはやお通しを超えていた。

新鮮な素材でできているのにすごく長く煮込んだような味のしみ方で、祖母秘伝の調合も秘密のだし汁で煮てある。

祖母は昔から昆布や鰹節や煮干しや塩やみりんやお酒がたっぷり入ったそのだし汁を、毎週日曜日の朝にこつこつ作っていた。家中がそのいい匂いでいっぱいになり、あらゆる料理にそれは使われたものだった。

私の母もたまにそのだしを作るのだが、あのような深みはどうしても出ない。

元夫は、

「おばあちゃん、この煮物、絶妙&最高です。お金払うからおかわりさせてください。」

と言って、祖母の煮物を三回おかわりした。

そういうときの彼は常に本気で、おせじやおべんちゃらでやっているのではないし、調子がいいだけでもなかった。

「おばあちゃん、人生ってすばらしいものですね、おばあちゃんの煮物食べたら、そういう気持ちがわいてきました。」

元夫は言った。

「よく言うよ、調子がいいわねえ、さっちゃんのだんなさんは。さっちゃんが営業をやめて、この人がなったらいいんじゃないの。そのほうがよっぽど会社が発展すると思うわよ。」

祖母みどりはそう言った。

きっちりと結んだ白髪が店の明かりに輝いて、後ろのグラス類もいつもながらきれいに光っていて、祖母の清潔な佇まいが店に安心感を生んでいた。

三つ向こうの席ではその雰囲気と全く関係なく「新宿・みなと町」を小さく歌っている人がいた。その全体が妙に和《なご》やかで、スナックっていいものだなあと私は思った。家族で船に乗ってるみたいだ、と思った。

これだけ、他の人がいてもなんていうこともなく過ごせる場所はない。うるさいし、煙草臭いし、よく見ると椅子もすり切れているけれど、そこにいる「ママ」がたとえ何歳であってもそう呼んでいい人がいるかぎりは、みんなが居間にいる子どもになれる。

てんで勝手なことをしていてもかまわない。酔っぱらってけんかしても、つぶれても、泣いていても、支払いがいまいちでも、おなかがすいて焼きそばなど猛然と食べていても、歌ってもがなっても、とにかく、丸ごと自分のままでいていいということなのだった。

「おばあちゃん、私、厳密には営業じゃなくて広報なんだって。」

私は言った。

「僕が店長だからこそ、僕の店は全店舗で売り上げ一位なんですよ。営業より接客が好きなんです。そこだけは自信を持っています。僕はお店に来た人の気持ちを読み取って、楽しくなってもらうのが好きなんです。短い時間だけでいいから、幸せな夢を見せてあげたいんです。」

彼は微笑んだ。そして、

「日本人にはやっぱスナックだよね〜。」

しみじみと何回も言った。

お店では無口なちどりは、それを聞いてただにっこりと笑った。

「美人いとこ同士だなあ……。」

元夫は本気でうっとりと言った。

「俺が今いるところは、間違いなく日本人のほんものの天国なんだ。」

「この人、彼氏には最高だけど、だんなとなるとたいへんそうだね。」

祖母は微笑んだままで言った。

「僕、意外に家庭的なんですよ。なんと言ってもとにかくいつも楽しいし。それにいざとなったら家を建てられるし畑もすぐ作れるし魚も釣れる。冬に外で野宿する方法も知ってる。案外重宝するんですよ。」

彼は一歩もひかずに微笑んだ。

どこから見てもヒッピー的な、オープンな笑顔だった。

私は単純だから、そういうのにすぐしびれてしまう。自分を曲げない、曲げようがないっていうのはひとつの才能だと思うのだ。

彼のその面に対する尊敬の念みたいなものは、別れた今も消えていない。

彼がこれだと思ったことを、論理的でなくても道が狭そうでもとにかく曲げずにひかずに進んでいく様子は、常に私を感動させた。

店に行くとみんな機械みたいにマニュアル通りに働いているのに、彼だけが今を生き生きと楽しんでいる人間に見えた。しかもとびきり元気よく人の何倍も動き回っているように見えた。まわりの人は彼の動きに憧れ、活気をもらい、彼に群がっていた。まるで動物たちに囲まれるアッシジの聖フランチェスコのように彼は微笑んでいた。そういうときだけ彼は真実の中にいるように見えた。反射的に人の求めるほうへ顔を向け、困った人がいればなんの見返りも求めずどぶに手を突っ込んでも助ける。そういう人だった。

単にそのシステムを回しているエネルギーの質が私に合わなかっただけで、深く考えなければ、離れて眺めていれば、なんとすばらしい人だったのだろうと思う。

彼が私にもたらした光の部分を思い出したら、私は泣けてきた。

薄っぺらでもなんでも彼は命をかけて楽しんでいた。その意味のない力強さに私はどんなに救われていたか。やたらに意味を求める私のほうがある意味ずっと低級なのだということを、ほんとうはわかっていた。

私はめそめそしながら、天井を見ていた。

ちどりはそんな私をその切れ長の目でじっと見ていた。目にかぶさりそうな前髪がきれいにそろっていた。

「ねえ、泣かないでよ。……あんなにいつも元気なのは、アホか、クスリか……いずれにしても私から見たらあの人はちょっとキモいよ。」

ちどりは真顔であっさりとそう言ったので、私の深刻さは一瞬で霧散した。

「言うね〜。そして、人を見る目があるね。たいていの人が彼のあのきらきらした雰囲気にだまされちゃうのに。ちどりはさすが水商売長いね。」

私はそう言って、泣いていたのについ大声で笑ってしまった。そのどっちも当たっている気がするのだから、笑うしかない。それにひっかかった私も同じレベルだということがわかっているし。彼をばかにしたり、低く見たり、そういうのではなかった。

ただ、内面のどこかで常に攻撃に備えているような彼の姿勢の、安らぎのなさがつらかっただけだ。

「弱いんだよね、ああいう、とんちんかんに強い人に。」

私は言った。

「曲げられない自分を持っている人に弱いんだよ。それがたとえでたらめであっても。」

「そうかあ、ああいうのに弱いんだ。面白いもの好きなんだね。」

ちどりはこっちに寝返りを打って、私を見てくったくなく笑った。

大きくて高い鼻、笑顔を縁取って大きく上にあがった唇。

小さいときと同じ顔だった。

小さいときは、いくらちどりにいろいろ事情があったとは言え、幸せなときばかりちどりに会った。

年末にちどりのお母さんと私の母と四人でデパートに行ったり、祖父母と私の両親とみんなで海に行ったり、ちどりに会うときはいつもふたりとも守られていて未来がいっぱいあって、悪いことなどなにも起きないような雰囲気に包まれていた。

そんな思い出を共有しているから、ちどりを見るだけでほっとするのかもしれなかった。

そんなことを一気に思い出して、私の胸はきゅんとなった。

あの頃の日本は高度経済成長期だったから、デパートに家族で行ったり、お休みの日は海水浴に行くのが一種の流行だった。そういう楽しみを日本人が知りはじめた頃のことだ。どこに行っても混んでいたけれど、人々の顔も誇り高く輝いていたなあと思った。町にも人にも勢いがあって、買い物を心から楽しむ人たちはみな機嫌良く譲り合っていた。

どんなきらびやかな飾りよりも、人々が出す輝きのほうが大きいものだ。今の時代は何千万円もかけたイルミネーションが町を飾っても、人々に活気がない。町が勢いを増していく時代の雰囲気を含めて、もう全て終わってしまったことのように感じられた。

それでも私とちどりはまだここにちゃんと存在していた。

新しい家族に恵まれることもなく、多少老けて、思い出だけはいっぱいに抱え、気持ちは子どもみたいなあのときのままで。

「なんかさ、たとえて言うならあの人、服の手入れはしっかりしていて身ぎれいだけど部屋をそうじしなそうじゃない？……っていうかほんとうにそうじゃなかった？　私、そうじ好きだから、そうじ好きな人は見ればすぐにわかるんだ。かばんの置き方ひとつ、お酒の飲みかたひとつでわかるの。」

ちどりが言ったので、私は我にかえった。

ちどりは祖母ゆずりのおそろしいくらいのきれい好きで、スナックというよりもカフェなんじゃないか？　と思われていたり、私鉄沿線のすてきなスナック家族としてやたらに雑誌やＴＶの取材が来たのは、ちどりと祖母がそろってものすごくていねいにそうじしていたからだったと思う。

夕方早めに行くと古びた木のドアをあけて、大掃除かというくらい椅子がはでに外に出ていたし二人が鬼気迫る勢いで磨いているグラスはいつでもこわいくらいピカピカだった。傍目《はため》にはそう見えても、本人たちはそれが習慣だから普通という感じで、お店にいても家にいても手を動かしてなにかをきれいにしたり、磨いたり、片づけていた。だからこうしてただ寝転んでいるちどりを見るのはけっこう珍しいことだった。いっしょにいて居心地が悪いくらいだ。

お客さんたちからはよく、

「皿がちょっと汚れてるくらいのほうがスナックらしいのに、かえって気をつかっちまう。」

と笑われていた。

二階の住居もそうだった。古いたたみの上にきれいなラグをしいてあり、ちゃぶ台は油で磨き込まれ、窓のさんもきらきら光っていて、ものはやたらに少なく、押し入れの中はきっちりと整頓されていて、その建物の古さと相反する清潔さに私は毎回びっくりしたものだった。そんな古い素材でできている上にお年寄りがふたりもいるというのにあの家はまるで研究室のように清潔だった。

だからだろうか、ちどりには「苦労してます」というもっさりしてくすんだ匂いがちっともなかったのだ。

「たしかに彼、そうじには全く無頓着だった。部屋はぐちゃぐちゃだったし、脱いだものは脱ぎっぱなし。さすがに飲食店の店長だから、生ゴミには完全に気を使っていたけれど、乾いたものの扱いはむちゃくちゃだった。本もきちんと重ねてなかったしなあ。」

私は言った。

「やっぱりね。」

ちどりは言った。

「そうだと思ったんだよねえ。」

その言葉は魔法みたいだった。

私の中の美しくきらきらと輝く彼のイメージはその言葉で突然にみすぼらしくなって、大した意味のないものに変わった。

あれ？　今までなにを追いかけて泣いてたんだっけ？

あの人、ピーターパンみたいな人、単なる悲しいお調子者の大人、かわいそう。そんな見方もすぐにできた。ネガとポジみたいに、真反対はいつでも淋しく暗い真実に満ちている。

人と別れた直後は、おうおうにしてそういうものだ。

すぐにでもよりを戻せそうなくらいにいいところだけを思い出してみたり、それで限りなく目の前が真っ暗になって、まだ会えるならなんでもすると思いつめてみたり、かと思うと別れた理由が急に切実に迫ってきて仕方ないと納得したりをくり返すばかり。

そんなことをしているうちに時間のほうがどんどんたってくれるのを待つしかない。

私も夢見てたんだから、同じレベルなのだ。彼だけがみじめったらしいわけではない。

私は納得し、心がすっと落ち着いた。

かわいそうだったな、あんなに見栄はって。彼が若い頃自然の中で見ていた夢はなにひとつ東京の町では実現できなかった。

一歩間違えたら、心をゆるめたら、自信をなくしたらすぐに単なるチェーン店の一店長になってしまう。

彼はどうしてもそうでありたくない人だった。

自分で独立しておにぎり屋さんをやりたいとはほんとうはみじんも思っていなかったのに、口ではそう言っておいて、その上で大きな企業のお金を利用して人気者として踊っていたかった。

私はあまりにも地道すぎる性質を持っていて、さらにそれを「単なる」とは思わないタイプだった。

私はたとえ平凡に見えてもみんなそれぞれが仕事して生活して仲間がいて、それでいいと思っている。それが人生の味だと思っているし、その良さをよく知っている。そんなに特別なことがなくても、やることがあって、それがストレスに満ちすぎていなければこつこつ歩んで行けるし、その中に小さな楽しみや深みもある、そう思う。

だからこそ彼の生き方が斬新に見えてひきつけられたとも言える。

彼は私とは違った。人生を華やかに生きたかった。とにかく人と違うことが好きな人だった。

私ったら、結婚していたのに、「いつか自分の店をやりたい」という彼の言葉をちっともまじめにとらえてあげなかったな。むしろ、そんなはずないだろうって心の中で笑っていたかもしれない。

そんな言葉を真に受けていっしょにがんばれるようなタイプでは私もなかったし、だいたいあの人、そんなこと言いながらすぐ人にぱっとおごっちゃうんだよな……。それじゃあ一生貯まらない。そこには決して目を向けないんだろうな。きっといざとなったら私がこつこつ貯めた貯金を気軽にあてにしたんだろう。

そうやって考えてみたら、どんどん心が静まってきた。

「ちどり、今、すごい魔法を使ったね。私落ち着いたし、突然にセンチメンタルな気持ちが消えて、ちゃんと自分が決めたことの全貌が見えてきたよ。別れてよかったんだなって。」

私は言った。

ふふん、と笑ってちどりは言った。

「スナックのチーママをなめちゃいけないよ。魔法が使えないとお客もいっこうに来ないんだから。」

たしかに、と私は思った。

ちどりたちの地道な生き方に比べたら、私や私の両親だってまだまだ浮ついていると言える気がしていた。

持ち家だから家賃がないのは利点だとしても、一見派手ながら地味で大変なくりかえしがつきものの仕事を続け、大人三人が生きていけるだけの稼ぎをあの小さな路地の小さな店でたたきだしていたのだから、すごいことだ。

「もちろんどんな人だってみんないっしょうけんめい生きてるじゃない。それに欠点がない人なんてひとりだっていない。人間はみなおんなじようなものだよ。だから彼も別にいっしょうけんめいじゃないわけじゃないってわかってるよ。だけどさ、姿勢が好きになれなかった。あくまで人があっての輝きってこの？　本人が輝いてるわけじゃないんだよね。ああいう人ってたいていひとりで家にいると電池が切れたみたいになっちゃうんだけど、たったひとりでも人がいれば、ああでいられるんだよね。人がいないときのあんたは何なの？　だれもいなくたって自信がなかったらだめなんじゃないの？　って私は言いたくなっちゃうんだよね、ああいう人気者に対しては。まあ、ひがんでひねくれてるだけなんだろうけど。」

ちどりは言った。そして私をじっと見つめてから、静かに言った。

「とにかくねえ、さっちゃんは善人すぎるよ。いや、もちろん私だって悪人じゃないよ。

それから、さっちゃんの生き方や考え方が甘いっていう意味では決してない。でも、さっちゃんは、根本が善人すぎる。人やものごとのいいところだけを取ってよく解釈しすぎなんだよ。そこがさっちゃんのいいところでもあるけどね。」

「そんなに？」

私はびっくりした。そしてたずねた。

「いちおう社会人だから大人ではあるけど……あ、わかった。好みの人には弱いんだよ、だれだって。ねえ、ちどりは好きな人いるの？」

「そう来るか。」

ちどりはまた天井を向いた。

その特徴的な大きくて高い鼻も天井を向いた。

「いるよ。クマさん。」

「動物の？」

私は言った。ちどりはぷっと吹き出した。

「人間だよ。お店に来る人。月に一回神戸から来るの。死んだおじいちゃんの友だちの息子ってことしかわからない。歳のころは五十代半ば。私、とっても好きなんだよねえ、その人が。でね、今はそういう対象がいるだけでいいの。ちょっと前まで年下の人とつきあっていたんだけど、年下は疲れる。人間、店でママやってて、私生活でまでママやお姉さんはできないもんなんだね。」

ちどりは言った。

「そうなんだ、別れちゃったのね。でもさ、好きな人がいるなんてかわいいじゃない、ちどり。ちゃんとかわいいんじゃない。」

私は言った。

「でも彼には奥さんいるし。私はクマさんがたまに来るだけでいいんだ。」

ちどりは言った。

「人って、それぞれだめなところは違うんだね。」

私は言った。

「だめもなにも、なにもないよ。クマさんは希望だけど、ただそれだけ。」

ちどりは少し恥ずかしそうにへへへ、と笑ってそう言った。

「せめて深い関係になるとか、東京に来たら泊まってもらうとか……。」

私は言った。

「さっちゃんのほうがよっぽど私よりもこなれているじゃない。そんなことできないよ。希望が消えてしまう。希望は遠くのきれいな山みたいなもんなんだ。きっとお互いがお互いのことを気に入ってるに違いない、だから会えさえすればお互いがそれを確認できる、ただその気持ちだけでいいんだよ。」

ちどりは言った。

「あーあ、じいちゃんとばあちゃんさえ生きてればな。私は子どもでいられたのに。『いやだよう、お客さんにくどかれた』『またいやらしい目で見られたよ』『うわ、あのつけだらけの人が来ちゃったよ』『店の外でけんかしてる人がいるよ、こわいよ』ってぐちって、この環境じゃそれもしかたないねって言われたり言ったりして、お菓子食べて、熱いお湯で割ったウィスキーでも飲んで、三人で並んで寝ちゃえばよかったのに。じいちゃんとばあちゃんが偉大な人物だったから、地回りのやくざもすごく安いみかじめ料で守ってくれたのになあ。そういう意味ではまだその存在に守られてはいるんだけど、私これからはひとりでやっていかなくちゃいけないんだ。いくらがんばってもいっしょに分かち合ってくれる人がいないんだな。」

それを聞いて、耐えきれずにくっと泣いてしまったのは私のほうだった。

ちどりこそがお姫様みたいにかわいがられて甘く優しく育てられたのだ。靴だって服だっていつでも私よりも新品で、髪の毛もきっちり結んで、愛されていることを全身から発散していた。なんでも長男である弟の二の次にされる私とは違って、ちどりは祖父母にとって愛を注ぐ最強の対象、孫と一人っ子のハイブリッドみたいなものだったのだから、しかたない。

「ちどり、私しばらくいっしょに住もうか？」

泣きながら私は言った。

「やだよ、せまいし。さっちゃんのそうじ、甘いし。大丈夫だよ、そのうちちゃんといっしょに店をやる人か、店を続けさせてくれる男を見つけるよ。」

ふふんと笑ってちどりは言った。照れ隠しするときの笑い方だった。

「それにさ、そんなことされたら、さっちゃんが出てくときもっと淋しくなるじゃん。笑って見送れる自信がないよ。」

ちどりがどんなに祖父母をだいじにしていたか、献身的にいっしょに暮らしていたかは近所の人全員の口に上るほどだ。

そして、そんなにも祖父母を慕うちどりがいたからこそ祖父母もがんばれたのだとみな言った。

彼らは子どもがいない時期が長くなった夫婦だったからちどりに対しての責任感はすごく、遊び好きの祖父はちどりをひきとったら急にまじめになってお酒もたばこもほとんどやめた。祖母ももう帰れなくなる入院をする当日まで、きっちりと炊事と掃きそうじと拭きそうじをしていたそうだ。

ちどりはふたりの生きがいだった。

だれかの生きがいを生きるということの重みを、私は想像さえできない。

祖母が亡くなってから、ちどりは前よりもいっそう激しくそうじをするようになった。

どうせ改装するんだからといくら言っても、気がまぎれるからと常に床を磨いていた。

祖母は遠くにある輸入もの専門のスーパーから、強烈なパッケージのアメリカの洗浄剤や漂白剤を買ってきてはとことんそうじをしていたので、ちどりもそれにならっていた。

鬼気迫る感じでそうじをしながらどんどん痩せていくちどりを、みな同じ切ない思いで見守っていた。

母は供花といっしょに毎日のようにちどりにお弁当を差し入れしていたけれど、それをきちんと食べていてもちどりは悲しみの大きな力でどんどん痩せていった。いつも目は泣きはらしていたし、笑顔もほとんどなかった。

あそこまで清く悲しめるなんていっそ尊敬できるくらいだ、と私の母は言った。

私の母にとっても母親が亡くなったのだからもちろん悲しみは深かったけれど、ちどりの激しい悲しみの前に自分の悲しさは薄れたとまで言っていた。

そして母は言った。

「あんなにぼろぼろでも、痩せていっても、這うように生きていても、あの子はなぜか自殺する感じがない。おばあちゃんがどれだけあの子をだいじに育てたのか、そこでわかる気がする。」

そしてちどりがもうぜんとそうじをしている姿は、いつも祖母そっくりで、祖母を生々しく思い出させた。

ばあちゃんと同じようにそうじをしていると面影が乗り移ってきてるみたいに思えて淋しくない、と言っては、ちどりはすがすがしい顔で母の作ったお弁当を食べていた。

そんな時期が過ぎてやっとちどりにほんとうの笑顔が戻ってはきたけれど、少しは今の毎日の中に安らいでいるのだろうか、楽しみを見つけたのだろうか……そんなことを思いながら、私はそのままうたた寝してしまった。

目を覚ますと、ちどりがほおづえをついて、私をじっと見ていた。

「よく寝ていたねえ。」

ちどりは言った。

「恥ずかしいから寝顔見ないでよ、なによ。」

私は言った。

「人の寝顔見るの、久しぶりなんだもん。なんだか嬉しくて。」

ちどりは言った。

「家で夜中に起きてもだれもいないんだ。びっくりするよ。何十年も変わらない家の中で、人だけがどんどん減ってる。まあ、どんどんって言っても最大ふたりなんだけど。感じとしてはどんどんって感じだったのよ。あっという間にひとりになって、もうだれも私に寝顔見せてくれないんだもん。」

とても淋しい発言だったので胸が痛んだけれど、起き抜けで気の利いたことが思いつかなかった私は、ただ小さくうなずいた。

「もう暗くなるよ、なんか食べに行こ。」

ちどりは言って、立ち上がって、洗面所に行った。

窓が冷たかった。外気は多分とても寒くなっていて、オイルヒーターだけがしんしんと音をたてながら部屋を暖めていた。その温かさはエアコンの温風とは違う。顔がほてり、体の芯に届くような不思議な熱だった。

夜が近づいて薄闇に満ちた窓の外の海は絶望的に暗く闇に沈んでいた。洗面所のかわいい青いタイルも、白い洗面台も、そこに立って髪をとかすちどりも、全てが実感のない風景だった。

夢だと言われても驚かない。

ここは全く自分にリンクしていない、なにもない場所なんだ、そう思った。

しかしそういうところにいるからこそ見えてくるものもある。

私がこだわっていたいろいろなこと、心に決めていたこと、全てが遠く頼りなげに思えた。

ホテルの人にたずねて、ちょっと遠くのドルフィン・タバーンというところに晩ご飯を食べに行くことにした。

これがまた「外食なら少しだけでもきちんとするか」とドレスアップして化粧もした私とちどりのはしゃいだ心をばっちりとくじくような地味なレストランだった。

赤く重い内装に、重厚な机。入り口にはイギリスの店では当然のことのようにパブっぽい一角があり、まだ早い時間だというのに、すでに大勢がそこでわいわい集っていた。

私たちは奥のテーブル席に座り、壁に描かれたリアルでこわいイルカの絵を見ながら、濃厚な肉の煮込み料理を供されて、ギネスといっしょにこつこつ食べた。

羊も牛も豆のスープもとてもおいしかったけれど、暗すぎて手元があまり見えなかったから、どんな料理か今ひとつつかめなかった。

そしてそこでも窓の外には、国道をはさんで海がずるっと長く横たわっていた。

こんな不思議な海に見つめられたことはない、そう感じた。

どこに行っても、海がじっと私たちを見ている、そう思った。そこに感情はない、よい感じでも怖い感じでもない。ただそこにいる。大きな重い存在として。

「もう一杯ギネス飲んで行こうか。」

ちどりが言って、カウンターに座った。

近所のおやじたちがちらちらとちどりを見ながら、乾杯の仕草をする。

ちどりはにっこり笑って乾杯を返す。

その慣れた感じに感動しながら、ぼうっとビールを飲んでいた。

「にぎやかな港町なのに、人々はこんなに大勢ここに集っているのに、薄いよね、感じが。」

ちどりは言った。

私も全く同じことを考えていた。

「生きていることさえ薄い感じがするね。」

お店ごと、暗い夜が来たのといっしょにどんどん闇に沈んでいきそうだった。

人々は楽しそうな笑顔だし、揚げたてのポテトはほかほかにあたたかいのに、そこにあるはずの力強さはなかった。

おやじたちはしばらく「このビールを飲め」とか「どこから来たんだ」とかなんだかんだと話しかけてきたけれど、そもそも田舎の善良なおやじたちだったみたいで、そしてお店のお姉さんもにらみをきかせていたので、ちょうどよい距離感でしばらくカウンターにいることができた。

「もしもこのお店は廃墟で、この人たちは実は幽霊でした、って言われても、なんの不思議もない、そんな暗さと薄さだよね。なんだかずっと夢の中にいるみたいだよ。」

ちどりは言った。

私は心からうなずいた。

この世界の中で、私の目に色があって生きているように映っているのはちどりだけ。そんなふうに思えた。


引き止めるおやじたちを笑顔で振り切って私たちは店を出た。

遅くなるにつれ冬のように冷え込んできて、町はただただ暗く低く連なり、海鳴りは遠く響いていた。

星がたくさん出ていた。雲はなく、しんしんと冷える早春の夜だった。

人通りは少なかったが、女ふたりで歩いても安全な感じがあったので、歩いて帰ることにした。ほろ酔いの私とちどりは腕を組んで歩いた。

触れ合っている腕のところだけが温かく、確かなものに思えた。

ああ、私はこのように確かな、心細いときにすがりつけるようなものがほしかったのに、この世でいちばん不確かな人と結婚しちゃってたんだなあ！

と思うと、笑いさえこみあげてきた。

「さっちゃん、なに笑ってんの。」

ちどりは言った。

「ちどり、やっぱり店は『バーちどり』じゃなくて、『スナックちどり』にしたほうがいいんじゃない？　今の店での客あしらいったら、国境を越えてまるっきり日本のスナックだったよ。」

私は言った。

「今のお店に私の客はいなかったってば。それにもう改装決めちゃったもん。バー寄りに。カラオケの機器のリースもやめたし。代わりにちょっと音のいいオーディオセットいれたし。」

ちどりは言った。

「近所の、いつもジムで体を鍛えている屈強なゲイのお兄ちゃんをバーテンダー兼用心棒にスカウトして雇うことになったし、椅子は全部買い替えたし、グラスはみんなそのまま使うし、煮物もできるし、ワインも決めたし、チーズも安く買えるし、新体制は完璧だよ。ある意味ではやる気まんまん。でもまだ実感がわかないんだよね。準備もなにもかもやるしかないからやってるだけで、ほんとうの本音は前の店に一日でもいいから戻りたいの。もしもじいちゃんとばあちゃんと天国でいっしょにお店ができるならそっちに行きたいくらい。でも、神様はいつだってそう楽はさせてくれないんだよね。」

「ちどりはえらいなあ。」

　私は言った。

　ちどりは笑って肩をすくめた。

「じいちゃん、ばあちゃんと三人でスナックのぼろぼろの二階にずっと寝泊まりして育った。そんな私をほんとうにほめてくれるのはさっちゃんだけだよ。」

「そんなことないよ。」

　私はちどりの手をぎゅっと握った。

　寒い風が海からやってくる。潮の香りがする。ちどりのコートからつきでた細く温かい手。

「ちどりの人生はだれがなんといってもすごいんだから。みんなわかっているよ。だからあんなたくさんの常連さんがいるんじゃないの。二代続いて常連さんになってくれると思うよ。」

私は言った。

「まあね。そこは跡継ぎとして自信ある。」

ちどりはにっこり笑った。そして言った。

「起きて窓開けると、朝までやってたとなりの店や駅から聞こえる電車の音がすごく近くにあって、道では夜中に出したゴミの山のすきまをカラスと猫がうろうろしてて、へたすると人の吐瀉物《としゃ》までばらまかれてる。そこいら中にいろんな店のタオルが色とりどりに干してあって……そのタオルだっていいやつじゃなくってね。いちばん安いやつ。それでおしぼりクリーニング屋のトラックが大きな音でやってきてさ。でも、その全部が私は嫌いじゃない。昨日の夢のあとって感じで、心安らぐ。こんなふうにきれいな景色のところに来たり、山に登ったりするのはとってもすてきなこと。でもそんなことのあとには、必ずあそこに戻っていきたいふるさと。あんなに薄汚れていてもそう思う場所なんだ。あそこはかけがえのない思い出がある場所。」

「うん、ちどり、それはほんとうだよ。人それぞれその場所は違うんだから。そしてそんなところがだれもにとってあるとは限らない。ちどりほど心のある思い出を持っている人は少ないのかもしれない。」

私は言った。

私の両親は、ちどりを引き取った祖父母を尊敬していた。

父はいつでも感心して「あの家の夫婦のつつましさはすごい、そこで黙って文句を言わずに淡々と暮らすちどりさんもすばらしい」と高く評価していた。

「あんた、行ってあげなさい、お店にもしょっちゅう行ってあげなさい、あそこは健全なスナックだから」そんなことをいつも言っていた母は、私が成人してからは他で飲むよりスナックみどり行きをすすめる始末だった。

母は華道にとても熱心だった。常に冒険的で野草や石を使った変わった活《い》け方をする先生に何十年もずっと習い続けていた。週末には山に行ったり川に行ったりしては、見知らぬ花や草を自分で取ってきていた。

その一方でいつもちどりを気にかけ、自分で運転しては、スナックみどりに飾るためにと活けたお花を無料で届けていた。だからスナックみどりにはいつでも生花があったし、多分これからはバーちどりにもそれは届けられるのだろうと思う。

母は花の活きをいつも見ているし、花の活け方でその人となりがなんとなくわかるといつも言っている。

正しい判断の目をつちかってきたからこそ、母は祖父母とちどりの生き方を本物だと言っていた（そして母は私の元夫を『アマリリスくん』と呼んでいた。球根からは想像もできない大げさな花が咲くが、よい匂いはなく、意外に長持ちで、養分を食う、という意味だそうだが、考えてみたらひどい言い草だ。母は、彼のことを『いくら楽しく過ごしても何も残らず、ほんとうには心が通わない淋しい人だ』と言ってあまり好いてはいなかった。だからこそ別れても怒らなかったし、私が子どもを作れる最適な時期を彼と過ごしてしまったことを心から惜しんでいた。あなたもまだ子どもだったんだからしかたがないし、まだ希望は捨ててないとも母は言っていた。十年もいっしょにいたからふたりの中に何かが育っていると少しだけ期待していたのに、違ったのかというようなことも。今の私には、その全てがわかる。あの状況を離れてみて急に、地図を見るよう感じでわかってきたのだ。見たくないし決めたくないという気持ちでずるずる過ごすには、人生の中の十年間はとても長かったということを）。

そういうわけで、私はかなり若いころからなんの偏見もなくスナックみどりに出入りしていた。

他のスナックはあまり知らないが、スナックみどりに関しては成人してから長いつきあいだった。

彼氏ができては行き、仕事で近くに行けば顔を出し、みどりおばあちゃんの煮物を食べたし、ちどりとちょっとした話をしては、一曲二曲歌って帰った。小さい頃は二階の自宅にもあげてもらった。そこでちどりとTVを観たり、窓の外に向かってシャボン玉をしたり、それを喜ぶおやじたちに手をふったり、いろんなことをして遊んだ。

私は普通の真四角の公団に住む子どもだったけれど、それに比べてちどりの環境はとても自由に見えた。夜中に起きていてもいい、好きな時間にTVを観てもいい、おなかが減って淋しかったら店に降りていって人々に混じってカウンターに座り、祖母の作ったラーメンやウィンナー炒めを食べてもいい。そんなちどりをうらやましくさえ思っていた。お年寄りに育てられたら、ちどりはずいぶん早くにひとりになってしまうであろうことなんて考えてもいなかった。

小さな町の窓明かりを見つめて黙々と歩きながら、私はいつも以上にひとりぼっちだと感じた。

ロンドンでは感じたことのない、夜の中に霧になって消えていきそうな気持ちだった。

この異国の見知らぬ町で、となりにちどりがいる。冷たい潮風の中でふたりで歩いている。それだけが確かなことだった。

ちどりの淋しさには届かないし、好きだった人のそばに暮らしていても、相手に少しも安らいでもらえなかった私のみじめさをちどりは理解しないだろう。それでもこうしている限りこの世にいるのはふたりきりみたいな、そんな気がした。

ホテルについたら、ホテルのバーはまだやっていた。

私たちはまたもその薄暗いロビーで、窓の外の真っ暗な海を見ながらしみじみとビールを飲んだ。

どうもイギリスの人たちは明るいところでお酒を飲むのが嫌いみたいだと思った。

こんなに暗くてはギネスなんて闇に溶けて見えなくなってしまうではないか。

「イギリスのビールってなんでこんなにおいしいんだろう。」

ちどりは言った。

「ヴァイツェンみたいなのも、ペールエールみたいなのも、黒いのも、みんなおいしい。ギネスじゃなくてもおいしい。」

「みたいな、じゃなくって、その言い方ですごく合ってる気がするよ、私。」

私は笑った。

「でも少なくともヴァイツェンってどう考えても英語じゃないじゃん。とにかく、きれいな金色の薄いやつね。」

ちどりは言った。

「うちもギネスのサーバー置こうかな。すっかり影響受けちゃった。ねえ、生きてたら楽しいこともあるね、ほんと、そう思えてきた。ずうっと楽しいことがなくてうっすら鬱《うつ》状態でさ、どうしても懐かしさばかりが先にたって新しい店に意欲がわかなかったんだけど、ギネスのサーバー想像したらいきなりやる気が出てきた。単純だね。」

ちどりの低めの声が耳に心地よかった。

「私も独身で自由だし、絶対クマさん取らないから、しょっちゅう飲みに行ってもいい？」

私は言った。

「もっちろん、あたりまえじゃない！　いつだって、毎晩だって来て。」

ちどりは言った。

「そんなにがっかりしてるなら、まだ好きなんだからよりを戻しなよ……って言いたいんだけれど、言い切れないなにかがあるんだよね、あんたの元だんな。あの人……自分のこと、好きじゃないじゃない。あんなにナルシストっぽいのに。そこがひっかかるんだよね。なんか自滅しそうで。」

「そうなんだよね……。」

目の前のグラスの金色の泡が、きれいに立ち上っていくのを見ていた。

いつまでもこの旅行が終わらなかったらいいのに。

いつだってこんな暮らしができたらいいのに。

そう思った。

歩き回って、食べて飲んで、しっかり一日が終わる。気持ちがもやもやしない、信頼できる人といる、このシンプルさよ。

「自分自身のことを愛してない人といると、それだけでとてもつらいし、苦しいんだ。」

私は言った。

「あんなに人気者で、楽しそうで、うきうきしてて、見た目も悪くないのに、それでも自分が嫌いっていうことだったら、もう他人の私にはなにもしてあげられないよね。」

「ほんとうだよね。でも飲み屋に来る人なんてほとんどそんなのばっかりだからなあ。」

ちどりは言った。

「私たち、なんだかんだ言ってほんとうに恵まれた育ちなんだよ、やっぱり。」

親がいないちどりがきっぱりそう言いきったことに、なによりも泣けそうになった。


いっしょに飲みに出かけて帰るのも同じ部屋っていうのは不思議な感じがした。ホテルの中は、お客さんもホテルを経営している家族もきっともう寝ているんだろうと思うくらい静かだった。

人々を起こさないようにそっと階段を上り、重い木のドアをふたたび開けた。

そこは一泊目にしてもうすっかりなじんだ私たちの部屋だった。

街灯の明かりが部屋の中に海底のような模様を描いていた。

電気をつけて、交代でシャワーを浴びることにした。

先にちどりがシャワーを浴びに行って、私は部屋で静かにメールチェックをした。そして温かいお茶を電気ポットでわかしたお湯で入れた。こんないいかげんなティーバッグでも、イギリスのお茶はおいしくはいる。水が合うのだろう。これまで飲んだどんな高級な紅茶よりも深い味がしたし、これ以上にこの国に合う飲み物はないように思えた。

窓の外は変わらず真っ暗で、遠い海がますます魔物のようにうごめいている。この国に生まれたいろいろな伝説が肌でわかる気がした。龍や、魔法使いや、崖や、湖の精霊……全てがしっくりと共存できそうな闇の濃度だった。この闇のグラデーションの中で伝説になるような激しい様々な事件が起こったのだ。時は土地に刻み付けられ、どんどん濃さを増していく。夜になるとその気配が立ち上がってきて、夢のような重い空気を吐き出す。

その重さの前に、個々の小さな人生は吹き飛んでしまいそうだった。ちどりと私はそれに圧倒されながら、ずっとこうしてこの小さな部屋で共に暮らしてきたような気がしていた。

これが血のつながりというものなのか、と私は思った。体の奥底でなにかがつながっているから、他人といるとき特有の少し張りつめた違和感がない。

ちどりは鼻歌を歌いながら、髪の毛をタオルでごしごしと拭きながら出てきた。

すっぴんのちどりはあまりにもあっさりした顔すぎて、すれ違ったら覚えられないほどだ。細い目の奥だけがきらきら光っていた。

「出たよ〜。」

ちどりは言った。

「Ｗｉ－Ｆｉのパスワード、そこに書いて置いておいたよ。」

立ち上がって私は言った。

「うん、でも今日はもう寝る。おかしいな、時差ぼけ、私ないはずなのにな。すごく眠い。」

ちどりは言った。

「電気、小さいのだけでいいよ。暗くしてて。」

私は言った。

「ううん、大丈夫。私ってどんな明るいところでもうるさいところでも、すぐに寝られるから。」

ちどりは言った。

幼い日のちどりが、スナックのカウンターに突っ伏して寝ていた姿を思い出した。常連さんのおじさんが、スーツの上着を小さなちどりにかけてくれていたっけ。

私は父といっしょに飲みに行っていて、ちどりを起こさないように挨拶せず、祖父母にだけごちそうさまを言って、父と手をつないで家に帰った。夜道で少しだけ思った。ちどりのように、お父さんがいない生活について。

私には想像がつかなかった。祖父母は当時まだまだ若かったけれど、私の両親に比べたら細く頼りなかった。

小さなホテルにしてはふんだんにお湯が出て、しっかりシャワーを浴びてほかほかになった私が部屋に戻るとちどりはもう寝ていた。

口をぽっかりあけて、子どもの頃と同じ寝顔で、ぴっちりと毛布に包まれて。

「ちどり、先に寝ないで。淋しいよ。すごく淋しい。」

私はそうつぶやいてみた。

「理由はないけど、どうしていいかわからないほど淋しいの。」

声は闇に吸い込まれ、ちどりはただすうすう寝ていた。

カーテンの向こうには変わらず街灯の明かりがぼうっとにじんでいた。

晴れた翌朝、ロビー奥のレストランにはきれいな光が降り注いでいた。

キッチンではほんとうにイケメンな金髪碧眼《へきがん》の若いシェフが、ぱりっとした白い服を着て、きちんとシェフの帽子をかぶり、イギリスの典型的な朝食……豆の煮込み、ソーセージ、マッシュルーム、目玉焼き、焼いたトマト、かりっと焼いた薄いパンなど……を普通のホテルとは少し違う味つけで調理していた。そしてきれいに盛られた皿を、さっそうと運んで来た。

「うわあ、これはほんとうにおしゃれで、かつおいしいわ。」

私は言った。

「ちょっと工夫がしてあるよね。」

ちどりは言った。

「これが食べたくてわざわざここに来たんだもん、今、夢が叶ったわ。」

ふたりとも飲み過ぎで微妙に顔がむくんでいてかなり不細工だったけれど、光の中であれこれおしゃべりしながら美しく繊細なものを食べていたら、そんな冴えないことも忘れた。

他のお客さんたちはもうとっくに朝食を終えて出かけて行ったようで、私たちだけの声がレストランに大きく響いていた。

「帰ったらこれ作ってみよう。しばらくはお通しもこの豆の煮込みにしてみようかな。トマト味。」

ちどりは言った。

「いいんじゃない？　最近は和洋折衷《せっちゅう》がはやってるのよ。おにぎりだって、ミートボール入ってるのとかあるんだから。」

私は言った。

「でも、トマト味とおばあちゃんのだしだと違うことになっちゃわない？」

「あれね、意外にトマトに合うんだよ。よく和風ハヤシライスを作ったけど、いけるんだ、これがまた。」

ちどりは言った。

「うわあ、それ、おいしそうすぎるね。絶対に食べに行くよ。」

私は言った。

先の約束をひとつする度に、未来に小さな光がひとつ灯った。それを実感できるくらい弱っていた。このところずっと今日を泳ぐのでせいいっぱい、明日は溺れるかも、そんな感じだったことをこの町に来て私は悟った。

その日は足をのばして、セントマイケルズマウントに行くことにした。

小さな港のわきにあるお店で舟のチケットを買って、堤防から小舟に乗って五分ほどの旅だった。

モーターボートは波を切って、晴れた空にしぶきをあげて、島の船着き場の階段の下に到着した。

大勢の観光客が、どこから出てきたのかと思うほどにわらわらと、それぞれのモーターボートに乗って船着き場を目指している光景は、まるで空を舞うかもめと対になっているようだった。

その小さな島は個人の所有で、たくさんの肖像画や生活の場だったお城が公開されていた。石畳と階段と色とりどりの花にあふれた楽園のような道を登って、教会を目指した。そこまで登るととても景色がよかった。私たちのいるホテルのあたりまで遠くはっきりと見えた。

教会はとにかく簡素で、ここにいた修道士たちが静謐《せいひつ》な心で過ごしていたことが伝わってくるようだった。ぼろぼろになった古い像がいたるところにあり、なんの信仰もない私とちどりさえも石畳で冷える足をさすりながら、のんびりとその美しく削ぎ落された装飾の美しさをしみじみと時間をかけて見て回った。

「ねえ、またこういう旅行しようよ。」

ちどりが言った。

「また、こういう、全然有名じゃない町にふたりで来よう。」

「いいよ。」

私は言った。

またひとつ未来が見えた気がした。教会の質素なステンドグラスの向こう、遠いところに太陽がある、そのくらい小さな光だけれど、未来には楽しいことがひとつくらいあるんだ、そんな気持ちがまたふわっと香ってきた。

またひとつ進んだ、と私は思った。ひとつずつでいい、進もうと思った。

ちどりはきょとんとして言った。

「何？」

「昨日からずっと思ってたんだけど、単純にいいなと思って、近い未来の話って。」

私は言った。

「ああ。」

ちどりは納得したように言った。

きっとちどりだって、同じように未来が見えないときがあったに違いないのだ。描いていたものがずたずたに壊れても、自分も空気が抜けたエアマットみたいにぐにゃぐにゃでも、生きていれば何かが変わって行く。

実際に実現したらもしかして大して楽しくないことかもしれない。その旅は天候にも恵まれず、ものを取られたり、いやなことだってたくさんあるかもしれない。旅に出たのに元気になれなかったと思うかもしれない。

それでも、描いた未来は小さな希望のかけらに違いなかった。

小ぎれいな売店の建物の上にある、広々したレストランでクリームティを楽しんだ。

クリームティというのは、このあたり特有のクロテッドクリームという濃厚なクリームとジャムをスコーンにこれでもかと塗って、紅茶といっしょに食べるもののことだ。

これがまた信じられないくらいおいしくて、ふたりで黙って長いテーブルのはじっこに座って、むしゃむしゃ食べてしまった。

外は澄んだ光と色とりどりの花がたくさんあふれていた。そして晴れた昼間の海には魚や微生物がたっぷりと生きている青い豊かさがあった。

「なんか、この島って、平和だよね。」

ちどりが言った。

「静かな平和に満たされてる。」

「そう、私たちが泊まってるあたりとちょっと違う気がするよね。雰囲気が。」

私は言った。

「こんな静かな空気の中にいられるのなら、修道士の暮らしっていうのも悪くないのかもね。毎日教会をきれいにそうじして清めて……幸せだろうな。」

ちどりが言った。

そうじ好きらしい意見だね、と私は笑った。

その日の夜、私は熱を出した。

疲れがたまってるんだよ、それに高台で海風にあたりすぎたかもね、とちどりは言った。いいからのんびりしよう、クリームティでおなかもいっぱいだし、なんだったら下からビールとつまみくらいは持ってくるよ。

そんな声も遠くに聞こえるくらいもうろうとしていた。

「ちどりだけ行っておいでよ。おなか減ったでしょ。」

私は言った。

「ううん、大丈夫。まだおなかいっぱい。それにイギリス人だってクリームティのあとにはもう晩ごはん食べないらしいし。」

ちどりは言った。

「わかる気がする。だって、あれすごいこってりだもんね。しかもあのメニューはどこからどう考えても野菜ゼロだし。そう言えば、そろそろちょっと生野菜が恋しい気分かもしれないな。ヨーロッパではどうしても少なくなるから。」

私はそう言ってうなずいた。

「明日、元気になったら、とにかく生野菜を食べよう。スーパーで買ってきて洗って部屋で食べてもいいしね。」

ちどりは言った。

肉体的にはしんどかったけれど、部屋の中にちどりがうろうろしているだけでふんわりした幸せを感じた。

家に帰れば両親がいるのに、なんで私は淋しかったんだろう。

でも、最近ちどりの淋しさがやっとわかるようになったみたい、なぜかそう思った。

ちどりはきっと、とてつもなく淋しいんだ。

そう思ったら、涙が出てきた。

「何泣いてんの?」

ちどりはびっくりして私を見た。そして言った。

「ああ、離婚したからか。離婚、そりゃ淋しいよね。」

うん、離婚、淋しい。

人ごとみたいにそう思った。

「やっぱビール飲んで寝るのがいいよ、下から持ってくる。」

その冷たい手で私の手をぎゅっと握って、ちどりは部屋を出ていった。

ちどりが階段を下りる音がぎしぎし響いてきた。

違うんだよ、ちどりが淋しいから代わりに泣いてるんだよ、と言いたかったけれど、声が出なかった。

しばらくすると、ちどりはフライドポテトとビールを持ってあがってきて、にっこりと笑った。

「これつまんで。とにかく食べて飲んで寝よう。」

とてもむり、と思ったけれど、起き上がって飲んだらギネスはやっぱりおいしくて、ポテトも日本より何倍も味が濃くて、いつのまにか平らげてしまった。

私はおなかいっぱいになり、歯をみがいてそのままベッドに倒れ込んだ。

ちどりは優しくそうっと私に毛布をかけてくれた。

そして電気を少し落として、シャワーを浴びに行った。

不規則なリズムで床に落ちる水音とちどりの歌声が耳に心地よく流れてきて、私は眠った。

セントマイケルズマウントの石造りの小さな教会の夢を見た。

冷たい床、立ち尽くす私。目の前には素朴な壁にかけられた十字架とキリスト。

ステンドグラスから射す虹色の光の中で私は、とても満たされた気持ちでいた。

夢の中で私は恋をしていた。もう大丈夫だ、もうこれで人生の悩みはなくなった、そんなふうに思っていた。でも相手はだれだかわからない。面影だけが胸いっぱいに広がっていて、その感じは元夫のような気もした。もうひとりの私は「そんなばかな、もうあの人はだめだ」と思っていた。

ただ、もう安心だ、大丈夫なんだ、とくりかえし私は胸をなでおろしていた。

ぱっと目が覚めたら夜明けだった。

こんな暗い夜明けを見たことがあるだろうか、と私は思った。海から陽がのぼってくるところなのに、空はオレンジ色になりつつあるのに、雲はピンクに群れているのに、なぜこんなに薄暗い。

外を歩く数人の人はがっちりとコートを着込んで白い息を吐いていた。沖には凍えそうな雰囲気で漁船が出ていた。

生きていくのはどこだって、とにかく大変なもの。ただそんなふうに思った。

部屋の中はつけっぱなしのオイルヒーターの熱でぼんやりと温かかった。そして寝ている間に少し汗をかいたらしく、私の熱はすっかり下がっていた。ちどりは今日もきっちりと毛布に包まれてすうすう寝ていた。おでこと目だけが毛布から出ていた。

こんなときは今すぐあのマンションに戻りたい、そう思う。

荷造りしてしまったなんて、元夫とふたりで暮らしたあの懐かしい部屋を出たなんて思いたくない。窓辺から見えるエントランスの小道がとても好きだったのに。

どんなに寝ぼけていても、変な夢を見て淋しい気持ちで泣きながら彼のふとんにもぐりこめば、どうしたどうした、こわい夢でも見たの？　と言って寝ぼけながら私をぎゅっと抱いてくれた彼の元へ戻りたい。全部夢だったと思いたい。今ならなんでも許す、やり直したい。彼が楽しく暮らしてるならなにを販売していようとかまわない。本店で立ち働く彼を見て元気になりたい。さっちゃん、今日もきれいに仕上がってるよ、今日も僕がついてるよ、いってらっしゃい、と玄関で手を振ってもらいたい。

そんな気持ちがまた一気にあふれてきた。理屈じゃ解決しない、肌の淋しさだ。

やっぱりできれば離婚なんてするもんじゃない。

こんな淋しい夜明けを見るくらいなら、どんなことでもがまんすればよかった。

目が覚めたら、全部うそで、ふたりで暮らしていたあの部屋に戻っていたらいいのに。いつものように会社の話をしながら、彼の作ったおいしいお味噌汁を飲めたらいいのに。

私は泣きながら二度寝してしまった。

ふたたび目が覚めたら部屋の中は、あの暗い夜明けがうそだったみたいに真っ白い光であふれていた。

すかっと晴れて青空が遠くまで広がっている。かもめたちは優雅に飛び回り、ぽつりぽつりと小さく白い雲が浮かんでいる。

「あれ？　思いのほか明るい朝になった。」

寝ぼけながら私はつぶやいた。

「起きたの？」

ちどりは私の枕元にどすんと座って、私の額に手をあてた。

「まだちょっと熱があるかな。朝食行ける？」

「ここに来たからにはあとで寝込んでもあの名物朝食を食べるわ。今日は違う定食にする。」

私は言った。

水や紅茶も飲みたかったし、体がきしむようだったので動かしたかった。

「定食って言わないでよ。ムード壊れるから。」

ちどりは笑った。

その顔がとても好きだった。祖母に似ている笑顔。

私が夢の中で恋をしていたのはきっとちどりなんだ、と私は思った。

生まれてから一度も感じたことのない安心感、落ち着き。

ちどりとキスしたり、セックスしたりしたいわけじゃない。ただ、大好きなちどりといっしょにいたいんだ、それが今叶ってるから、私は幸せなんだな、そう思った。

そして、そんな夢を見せてくれる、悲しいけどそれがスナックのママの才能というものなんだ。私だけがそう感じているわけじゃない。ちどりといたら、だれだってきっとこんな気持ちになるんだ。わかってもらえているような安心した気持ちに。

朝の光の中で、靴下をはきながら私はそう思っていた。

「なんだか、この町にいるとオシャレ度もどんどん下がっていく気がするね。」

ちどりが言った。私たちは同じようなデニムにセーター、マフラー、コート。とにかく毎日同じような服だった。

湿気がないからちっとも洋服が汚れないのだ。

午前中はのんびりと休んで、午後になってから街中にちょっとしたショッピングに出かけようということになり、ジャムだとか小物だとか、塩のチョコレートだとか、ちょっと珍しい細々したものを買って歩いた。

ちどりといると、満たされすぎて、ちどりが好きすぎてなにもいらないと思えた。

自分がこんなに落ち着いて人と話したり、自分の気持ちを伝えたりしたことがあるだろうか。自分なりのありのままのテンポで過ごしても違和感がなかったことが。

「さっき、私、でっかいかもめの絵がついたしましまのパーカを買いそうになった。」

私は言った。

「あれだけはやめてよ、いくらなんだってかっこ悪すぎる。東京に帰ったらいつ着るの？」

ちどりが笑った。

「家で。」

私は言った。

「日曜日の午後いちばんの港は、気だるい風が音もなく吹いている感じがした。公園で走り回る子どもたちや、熟年夫婦のデートや、たっぷり太ったおばさんたちの井戸端会議。世界中どこの田舎でも共通した、田舎の日曜日の間延びした感じ。

「ところで、なんでここって特に人間関係が広がっていかないんだろう。普通、旅をしていると知り合いができて、そこから情報を聞いて、おすすめの店なんか行って、そこでまた知り合いの知り合いと仲良くなって……っていう連鎖があるはずなんだけれどなあ。」

ちどりは言った。

「なんか、どこまで行ってもふたりだけじゃない？」

「う〜ん、ここの人たちは特に社交的じゃないっていうのもあると思うけれど、なによりも私が弱ってるからかも。」

私は言った。

「弱ってるときって、あまり人間関係が広がらないから。」

「それを言ったら、私だってかなり弱ってるよ。ばあちゃん死んで、家もがらんとして。

一日中だれともしゃべらない日とか、そうじし疲れて寝ちゃってそのまま一日中寝てた日とかあってさ、けっこうとんでもない生活していたもの。パリに来てから友だちの家だし、英語や片言のフランス語しゃべらなくちゃだし、なんとかめりはりがついてきたけれど。」

ちどりはうなずきながらそう言った。

「だからすごくわかる。確かにあまり心はオープンじゃないかもしれない。でもさ、さっちゃんみたいな境遇の人は、こんなときこそはりきってナンパしたりしないと、だめなんじゃない？」

私は言った。

「今はそんなこと考えられないよ。こういうときに恋愛してもすぐ終わりそう。」

「まだちょっと好きだもん、あのゲテモノを……。」

「こりないなあ。」

ちどりは笑った。笑うとちどりの髪の毛が揺れる。それだけでなぜか頼もしかった。生きているものといる感じがした。

「そろそろロンドンに帰ろうか。ここにいつまでいたってねえ。なにもないし。」

私は言った。

「あ、でも私、もう一回昨日行ったところに行きたい。セントマイケルズマウント。それで、もう一回クリームティしたい。」

ちどりは言った。

「そんなに気に入ったの？」

私は笑った。

「昨日は携帯の電源が切れてて、満足に写真も撮れなかったし。あんないいところだとは思わなかった。昔ね、ばあちゃんとモンサンミッシェルには行ったのよ。名物のオムレツも食べたし。でも、あっちはかなり陰気なおどろおどろしい場所に思えたな。同じようなものだろうって思っていたんだけれど、比べたらこっちはずっと明るくてさっぱりしていて清らかで、光がたくさんあって、しんと落ち着いていて、好きになった。お城だって小さくてかわいらしいし、景色も良いし、巨人が住んでいたっていう伝説もなんだかすてきじゃない？」

ちどりは言った。

「へえ、ふたりでフランスに行ったりしていたんだねえ。」

私は言った。

「なんにも知らなかったよ。」

「お金持ちのお客さんがいてさ、ばあちゃんが牡蠣《かき》好きだって言ったら、全部お金出して連れて行ってくれるって言って、そのお客さんご夫婦と四人で行ったの。小さなホテルに泊まって、牡蠣をたくさん食べた。ばあちゃんはとにかく牡蠣が好きで、ほんとうに嬉しそうだった。ブルターニュ地方の牡蠣は最高だって死ぬまでずっと言っていたよ。」

ちどりは言った。

「いいじゃん、そういう豪勢な話、楽しい話、いいね。」

私は笑った。

豪勢だったり、のびのびしてたり、そんなものに触れるだけで気持ちが明るくなった。会社を辞めたことも大きい。この年からやり直せるのか？　という声が頭の中でがんがん響いているのを知らないふりしているのも大変だった。

でも、こうなってしまったんだから、しかたない。そう思いながらこの旅の間ずっと気を張って過ごしていた。ちどりに会ったらそれがゆるんで、なにもかもなくした私が海風に吹きさらされて、気持ちがよいほどだった。

海辺の人たちはみな肩をすくめるようにして、強い風の中を歩いている。

この町に生まれ育つ、たまにロンドンに出る、そして結婚して子どもを産んで、歳を重ねて死んでいく、そんな退屈で穏やかな一生についても考えた。

東京で忙しく移動して働いていた私の生活……すごいときには店のおにぎりを車の中で食べながら片手で運転して販促の看板を自ら運んだりしていた騒がしい生活。そんな要素はこの町には全くない。昔から決まったお店に決まった人たちと観光客がいると思われる（多分だけれど、代が替わっても決まったお店にだいたい同じような人たちがいる、その比率がここではあまり変化せず全く同じなような気がした）。

私、次はなにがしたいんだろうな。

そう思っても、特になにも浮かばなかった。

自由なのに、ちっとも嬉しくない。心が広がらない。目の前はだだっ広い海なのに。でも、そんなのでいいや、と思った。別にこわくない。いつまでだってこんなふうでも別にいいや。

まだ生きているんだもの。味わっているもの、景色を。

私の目が勝手に生きてる。

心は動かなくても、私は笑っているし、歩いている。

そのことにどんなに救われるか。そう、ちどりのそうじと同じように。目的はなく、目標がない行動が、どんなに楽にしてくれたか。

じゃあ、明日もセントマイケルズマウントに行くことにして、もう一泊延ばそうか、と話し合い、ホテルにかけあってみたら、こわいくらいあっさりと今泊まっている部屋がそのまま取れた。

よかったらいつまででもいてくれみたいな感じで、ディスカウントまでしてくれた。

シーズンオフっていうのは、つまりはそういうものなんだろう。

だれだってもう好きにすれば？　みたいな雰囲気がホテルや町を覆っていて、それがまた疲れた心にいい感じにしみてきた。だれも急いでいないってなんてすばらしいことなんだろうと私は思った。

ホテルの人の顔も心なしかゆるんでいて、館内にはその鷹揚《おうよう》な雰囲気が色濃く出ていた。

私たちは趣向を変えて、ホテルの真隣の二階にあるタイ料理屋さんに行ってみた。

ご主人はイギリス人、奥さまがタイ人の本格的なタイ料理のお店で、日曜日のせいもあるのだろうけれど、予想外のけっこうな混雑ぶりだった。

店の中はタイそのものの金銀と原色でぎらぎらした色彩豊かなインテリアで、その上さらに色とりどりの旗や写真が飾ってあり、色の少ない世界からいきなり久しぶりにアジアの極彩色の中に入って頭がくらくらした。

病み上がりだったのもあるのだろう、突然タイに場所が変わったような不思議な感じだった。

「やったじゃない、新鮮な野菜の料理がたくさんだよ。それとすっごい辛いものを頼んで、風邪を吹き飛ばしちゃいなよ。」

ちどりは笑った。

「じゃあ、唐辛子マークがいかにも多そうなものを頼もう。」

私は言った。

風邪はずいぶん抜けていたが、頭の中がまだもっさりしていて、動きもいまひとつてきぱきできなくて、動くたびに自分が小さくて不器用な女の子になったような気分だった。世界が妙に新鮮に目に映るのは寝込んでいたからだろう。

イギリスにいるのに贅沢にタイのビールをがんがんと飲み、信じられないくらい辛いサラダを食べた。サラダはちどりがつまみ食いして辛がりながらさくさくと取り分けてくれた。

テーブルにこぼれたトマトをさっと拾ってきれいな指で口に入れ「辛い辛い、でもおいしい」と笑うちどりの動きの全てにほれぼれした。

ふつうそんな取り分けかたをされたら気持ちが悪いだろう。でも私にはその慣れ親しんだ近さが幸せの象徴みたいに感じられたのだ。

窓の外さえ見なかったらまるでいっしょにタイにいるみたいで、こんがらかってしまいそうな夜だった。

窓の外にはきっと雑踏《ざっとう》があり、何人も乗っているバイクがやたらたくさん走っていて、広場には屋台がたくさんあって、いろんな音がしてにぎやかなんだ、そう思い込んでしまいそうだった。

実際にはほとんど無人の町と、眠っているように重い海があるだけだった。

私たちのまわりだけがタイの旗のもとで、静かに夜はふけていった。

ソムタム（パパイヤのサラダ）とトムヤムクン（酸っぱくて辛いスープ）を食べ終えたあたりで、いきなり日本人の家族が入ってきたので私たちはびっくりした。

向こうは私たちのことを、韓国人か中国人の姉妹だと思ったのだろう、特に私たちを気にせずに奥の席に座った。

裕福そうな一家で、全身地味ながらもお金がかかっていそうな服装だった。きちんと座って、男の子どもはジャケットを着ていて、ナイフとフォークを使いながら上品な会話を交わしていた。

「育ちにはなんのコンプレックスもないいんだけどさ。」

ちどりは言った。

「ああいう人たち見ると、いつもちょっと気が引けるんだよね。」

「いいんじゃゃない、もはやずっと韓国人のふりをしていてもケンチャナヨ。」

私は言った。

「アラッソ。」

ちどりは言って、笑った。

トイレに行くとき、会釈をしたら日本人家族の髪の毛を完璧にアップにした奥さまが

けげんそうにこちらを見てから、

「もしかして日本の方ですか？」

と言った。

「そうなんです。いとこと旅行に来ておりまして。」

私は広報の仕事でつちかった最高の営業スマイルでそう言った。

「あら、そうなんですね。私たちは夫の駐在でロンドンにおりまして、子どもの春休みでこちらに旅行に来たんです。明日はランズエンドに行こうと思って。もういらっしゃいました？」

奥さまはにこにこして言った。そのあいだにもきちんとジャケットを着て革靴を履いたご主人と品のよい息子さんはなにか言い合って笑っている。

「それが……ここで風邪をひいたり、なんとなく何日も過ごしてしまいまして。」

私は言った。

「ここで？」

奥さまはびっくりしたふうに言った。このなにもない町で若い私たちがじっとしていることに。

「私たちも、びっくりしてるんです。」

私は言った。

「でも、のんびりできていい場所ですよね。」

フォロー&社交辞令で奥さまは言った。

「ランズエンドには確か遊園地もあるみたいですし、楽しんでらして。」

私はそう言って、もう一回会釈をしてトイレに向かった。

人をうらやむことはない。

あの人たちにはあの人たちのたいへんさがあることを知っている。

でも、私はトイレで気づいて愕然《がくぜん》としていた。

そうか、あの人を夫に選んだ時点で(しかも面白いからという理由で)、私にはああいった、いつもの家族の晩餐的なあったかい雰囲気がもう絶望的に閉ざされていたのだ。

それなのになんでそう思わなかったんだろうか？

っていうか今気づいてどうするんだ！

思わず吹き出してしまった。

でも、そんな自分を嫌いではなかった。

それに、今からはわからないしなあ……私は思った。

じゃあ、この人生で私はなにをしたいんだろう？　そう思った。あんなふうに家族を持ちたいのか、それとも仕事がしたいのか。実家にいて両親と過ごしたいのか。

これほどまでに人生の夢が全くの、まっさらの白紙になったことはかつてなかった。まるで彼があの魔法のような光で私を包んで、一切の夢を抜き取り去ってしまったかのようだった。夢という概念を、それが持つ大きな力を彼に奪われ、食べられてしまったみたいだった。

もしかしてそうなのかもしれない。彼はみんなの夢を食べて生きている人なのかもしれない。だからこそあんなに輝いていられるのかも、そしてだからこそその人がいちばん言ってほしいことが言えるのかもしれない。彼の唯一のエネルギー源は、他人の小さな心の溝をほじくりかえして闇をちょっとだけ掃除し、そこから出てきた光をもらうことなのかもしれない。

辛さとビールで軽く酔った頭でそう思った。

席に戻ると、ちどりが笑っていた。

「けっこう親しく日本語で交流してたじゃないの。マダム風に。」

「だって、目が合っちゃったし。それに、いかにも『この人はどこの国の人かしら？』っていう顔をしていたから。だいたい私は元広報なのよ。どんな人とだってにこやかに会話できるよ。」

私は言った。

「さっちゃんはさ、ほんと、とにかく優しいね。隅々まで優しい。」

ちどりは酔ってほっぺたが赤く丸くなっていた。

「なんていうか、アジアの血が騒ぐね、こういうところに来ると。ほっとするし、わくわくもする。この店、すごく気に入ったな。よかったら明日の夜も来ようよ。」

「いいね、私ももうポテトにはいいかげん飽きたし！　揚げたのも焼いたのも煮たのも。どこに行ってもポテトがついてくる。じゃがいも自体がおいしいからほんとうにおいしいんだけれど、食べ疲れちゃった。」

私は言った。

明日何食べる？　なんて一見つまんないことを企画しながら、こんなふうにちどりとずっと旅をしていたいけどね、と思った。

でもいつかは考えなくちゃいけない日が来る、これからのことを。元の名字に戻った自分が心細かった。

仕事仲間たちや東京の全店舗に散らばっている、今日も明日もそこで変わりなく働いているはずの、共通の話題を持つ知人たちが恋しかった。

こんなにも自分が結婚や職場というものに守られていたとは気づかなかった。あんなままごとみたいな結婚だったのに。子どもができたらあっさり辞めようと思ってだらだらいたはずの職場だったのに。


飲み足りなくてホテルのロビーで一杯飲むことにした。

濃い味のスコッチウィスキーを暗いロビーのついてない暖炉の前で飲んでいたら、真冬のような気分になった。

私たちしかいなかったので、はじめは様子を気にしていてくれたフロントの夜勤の人もやがて奥に引っ込んでしまった。

「しまった、だれもいなくなって、ここはほんとうに『スナックちどり』になってしまったよ。」

ちどりが言った。

「やっぱり『バーちどり』よりも語呂がいいと思わない？」

私は言った。

「いやいや、バーにするんですから！　もう決めたんですから。揺るがせないで。」

ちどりは笑った。

「ちどりママ、もう一杯作ってくださる？」

私は言った。

「ロックでよろしいですか？」

ちどりは言った。

「チェイサーもお願いします。そちらも氷入りで。」

私は言った。

「寒くないすか？」

ちどりは言った。

そしてカウンターに身を乗り出して、フロント兼バーの係の人を呼んだ。ちどりがてきぱきと英語で指示をすると、フロント兼バーの係の男性はすぐに私のリクエストのものを作った。カウンターのふきんに立つと、ちどりのオーラのようなものが変わるのがわかった。背筋がぴしっとして、すっと顔つきも決まる。根っからカウンターの中が似合う人だった。

「おまちどおさま。」

そう言ってにこにこ笑ってちどりは私のためのグラスを二個持ってきた。

ひとつにはお水、ひとつには大きな氷が入ったきれいな琥珀《こはく》色のスコッチウィスキー。

「ちどり、仕事したくてしかたないんじゃない？」

私は言った。

「まあね、なんだか体がなまっちゃいそうで。ゲイのバーテンダーくんはちゃんとカクテルの学校行ってしばらく他の店で修業もしてるし、きっといいバーにするぞ、と思ってはいるのよ。やる気がないわけじゃあない。」

ちどりは言った。

「私も彼から少しずつカクテルの作り方習おうかと思って。おじいちゃんは、ロングのカクテルしか触らせてくれなかったから。」

「いいねえ。そういえば私が紹介したワイン屋さんどうだった？」

私は言った。おにぎり屋の本社の関連でワインの卸をしている知人を紹介したのだ。

「ハウスワインにしてはちょっと値段のいい奴ばっかりだったけど、ちょうどいい価格帯のシリーズを見つけてもらった。ブラジルのミオーロってとこのワイン。試飲しにいって優しくされて、たくさん飲ませてもらって、すっかり酔っぱらっちゃった。」

ちどりは笑った。

「ワインなんて前のスナックには持ち込み以外なかったからさ。でもばあちゃんびいきのお金持ちのおじいさんが多かったから、持ち込みはすごかったよ。すぐには値段がわからない、高そうなワインがごろごろしてた。」

「おばあちゃん、牡蠣だけではなくって、ワインとチーズも好きだったもんね。」

私は言った。

「ちゃんとした味覚の人だったなあ。あんな古ぼけた小さなお店に、あれほど味覚がちゃんとした人がいたなんて、普通だれも知らないよね。そこは私にとってそうとうな自慢ポイントだよ。」

「ばあちゃんに胃袋をつかまれた常連さんがたっぷりいるよ。だって、ばあちゃんさ、ワインに合わせておつまみの味を変えたりすることができたもの。店のコンロは火力が弱いって言って、いざとなると二階に上がって本気で作ってきたしね。ちっとも高級なお店じゃなかったけれど、そのへんのさじ加減は誇れるよ。おいしいもの好きな常連さんたちをこれからも逃がさないようにしないとね。」

ちどりは言った。

夜の時間が、お酒の力でのびていくのがわかった。酔ってくると窓ガラスがきれいに見えるようになる。そして、このような集中の世界でしか考えられないことがたくさんあるのを私もまた知っていた。

「ねえ、私のこと、いい人だいい人だって言うけどさあ。」

私は言った。

「あ、これ、ちどりに相談ね。そう言うけど、どこがなの？　私にはちどりや元だんなのほうがよっぽど人に優しくて細かくいろいろわかってあげてる気がするの。」

「私はさ。」

そう言って、足を組んでソファに沈み、暗い空間の中でまっすぐに私を見つめるちどりの目はすでにスナックのママの目だった。いとこの目じゃない。

「あなたの元だんなの……なに君だっけ？　コウ君だっけ？　のことがほんとうによくわかるの。どんなところでがんばって、どんなところが善良で、そしてどこでインチキしてるかもね。それは私にどこか似てるから。相手あっての自分っていうものを知りつくしているから。そしてね、そんな私たちみたいな飲食専門の接客人間にとっては、さっちゃんは憧れてやまない、光のような、希望のような存在なのよ。その無垢《むく》さゆえに。」

ちどりは言った。

「無垢？」

私はぷっと吹き出した。

「そんなはずないじゃない。私がいちばんずるいし、汚いことだっていっぱい考えてる。」

「そりゃあそうでしょ、大人なんだから。でも違うのよね。そういう意味じゃない。長い間飲食に関わってきたものには共通項がある。食べたり飲んだりするのって大きな欲望のひとつだから、その人がみんな見えちゃうし、見えちゃうからこそその反射的な身の振り方が身につくのよね。でも、さっちゃんは、そんなことをいつの間にか身につけた私やコウ君にはないものを持ってる。育ちの良さでもないし、自分がはっきりあるっていうのでもない。真実の優しさみたいなものを持ってる。私たちみたいななんにもできない人たちにほんとうに優しくできる、差別しない、そんな心。」

ちどりは言った。

「そんなあ、そんなことないよ。私から見たら、ちどりやコウ君のほうがさ、よっぽど憧れの存在なのに。」

私はけっこうな大声で否定した。

ちどりは首を振った。

「わかっちゃないねえ。」

その言い方が、亡き祖母にあまりにもそっくりすぎて、私は泣きそうになった。

そしてやたらに艶めく窓ガラスに映る自分の顔は、ちょっとちどりに似ていた。

こんなに大きな地球の上で、なんで私たち近い血のもとに仲良く集うことができたんだろう。そしてそんなにすてきで珍しいことが起きた喜びを味わいつくすひまもなく、私たちはみんな、なんであっという間にこの世を去っていくのだろう。

しみじみと飲んでいたら夜中の一時を回り、私たちは手をつないで階段をそうっと上がって部屋に戻った。

のんびりと飲んだのであまり酔っぱらっていなかった。

ちどりもしゃべり声の大きなトーンに比べたら全然酔っていないように見えた。

ここでの生活パターンが決まってきていて、私がメールチェックをしている間、ちどりがシャワーを浴びた。私は温かいお茶をいれて待っていた。

ここでのいつも……なぜか全くストレスがなかった。こんな日々がずっと続いたらいいのになあ、と本当に思った。ちどりの家に住んで、ちどりの店で働いて、いっしょにごはんを食べて、家族になれたらどんなに楽だろう。

でも、それはありえないことだからこそ、夢みたいに思えるんだろうな、とわかっていた。ちょうどちどりにとってのクマさんみたいに、遠いからこそ夢見て心安らぐ発想なのだ。

シャワーを浴びてほかほかのちどりがタオルを巻いて出てきて、私がシャワーを浴びに行って、歯をみがきながら湯気をたてて出てきたら、珍しくちどりはまだ起きていた。

両手でカップを包むように持ちながら、口を真一文字に結んで、だらだらと涙を流して窓の外を見ていた。

「ちどり、どうしたの？」

私はびっくりしてとなりに座った。

「夜の海がわんわんとうなる感じを見てたら、ばあちゃんに会いたくなって。この気持ちはまさに演歌の気持ちだよ。」

ちどりは言った。

「家にいれば、ばあちゃんって呼ぶとまだそのへんにいてくれてるような気がするんだけど、こんな地の果てまで来たら、えらく遠い存在に思える。私たちほんとうにいっしょに長い間暮らしていたのかな、と思えてきた。それだけが私の人生でたったひとつ確かなことだと思っていたのにな。」

私はちどりの肩を抱いて言った。

「なんといっても、あとちょっとでランズエンドだもんね。このあたりはほんとうに地の果てだよ。」

「遠くに来ると、自分がひとりだってよくわかるね。」

ちどりはまだ泣いていた。

懐かしいなあ、こういう感じ。私は思っていた。

元夫も夜中にいきなり泣き出すことがあった。とても淋しいと言って。

「みんな逃げていっちゃうんだよ。気づくといつもひとりなんだ。なにが悪いのか、問題なのかわからない。ほんとうにわからないんだ。」

元夫はよくそう言っていた。

「楽しそうと楽しいは違うからじゃない？　あなたいつも楽しそうだけど、本人はさほど楽しくはないから、みんな期待してたものが長時間はもらえなくってあてがはずれて去っていくんじゃ。」

と私はよく慰めたものだった。

「いいじゃない、今、私がここにいるし。」

「でもきっと去っていく。みんなそうだった。」

彼はよく言った。そしてそれはほんとうになってしまった。

みんなってどれだけの数の女とつきあったんだよ、と私は思ったけれど、彼にとっては素直に本音だったのだろうと思って黙っていた。

ほんとうにごめん、そこまで愛せなかった、と私はまたも申し訳なく思った。

ちどりほどにも愛していなかった。

なぜ私が元夫よりもちどりを愛せるかというと、彼女のことを尊敬しているからだ。その生き方を、だれも見ていないときにも貫いている信念を。

でも、彼は男だからその面は女より弱かったのかもしれない。

その代わりに売り上げを出すとか、やりたいことをがむしゃらにやるとか、刹那《せつな》を楽しむとか、体の調子を顧みずに人の話を聞き続けるとか、そういうのには強かったかもしれない。そこを好きになれたりただ楽しめたり、あるいはうんと尊敬できたら、続けられたかもしれなかったけれど、そこは私にとってはどうにも価値のないポイントだったのだ。

男女はなにかとすれ違い、うまく行かないものだなあ……と私はちどりを慰めながら思っていた。

ちどりを寝かしつけて、自分もベッドに入り、もの思いにふけりながらライトを消した。

確かに海の闇の力がその夜は特に強い感じがした。窓から海が今にものそっと入ってきそうだった。風の音が町を切り分けるように走っていくのが聞こえた。

まさに今夜もまた、淋しい町の淋しい夜がひっそりとそして圧倒的な力で訪れていた。

唯一の温かさはタイ料理屋さんのご夫婦の笑顔や、辛すぎてもはや笑えてくるような炒め物の思い出だった。

そろそろここを出ないと、私たちこの町に溶けちゃうかも……そう思っていたとき、急に闇の中からちどりの声がした。

「さっちゃん、すごく淋しい。眠れないほど。そっちのベッドに一瞬行ってもいい？ぎゅっとしてくれる？」

「いいよ。」

私はちょっと寝ぼけながらふつうに言った。

ちどりが小さい女の子みたいにベッドに入ってきて、ただでさえ小さめのベッドがぎゅうぎゅうづめになった。私はちどりを抱きしめて頭をなでた。なんと小さな頭だろう、と私は思った。子どもかアイドル歌手みたいな大きさだ。それにシャンプーのいい匂いがした。全てが小さくかわいくて小さいづくしの夜中の世界。

「明日は晴れるし、そろそろここを出ようね。幽霊になっちゃう前にね。」

私は言った。

「私も今、そのこと考えてた。ここの夜は淋しすぎる。ここはあまりにも海辺すぎる。」

ちどりはかすれた鼻声で言った。

しばらくそうやってくっついていたら、ちどりがつぶやいた。

「しまった、おばあちゃんとくっついてるのと違って、若い肉体に接していたら、なんだかムラムラしてきちゃった。体は正直だね。ねえ、さっちゃん、チュウしてみてもいい？」

困ったな、と私は思った。

ちどりにそんな趣味があるなんて全く知らなかったからだ。

「ちどり。」

普通に呼びかけたつもりだったけれど、声がかすれた。

「そういう傾向があったの？　そうと知ってたら、いっしょに旅に出たかどうかわかんないよ。」

「そういうんじゃない。私は男が好き。ただ、今、ムラッときただけ。そういうのってない？　試してみてもいいじゃん。ふたりしかいないんだから。」

かなり酔ったようなかすれた声でちどりはそう言った。

この世にふたりだけ、私はそう思った。

地の果て以上に地の果てであるここで、私たちは永遠にふたりきり。

私たちはきっとある意味もう死んでいる。幽霊なんだ。

そう思った。

生きている証《あかし》はこのちどりの温かさ、酒臭さ、髪の毛の匂い。それだけだと。それさえもいつなくなってもおかしくないくらいはかないものなんだと。

「う〜ん、じゃあチュウくらいなら。」

私は言った。

「じゃいくよ。」

ちどりは私に長い長いキスをしてきた。小さな唇、小さな舌。女とキスするのは初めてだった。男の唇とは違う、小鳥みたいに小さい。

あまりにもちどりのキスがうまかったから、私の中で少しだけなにかが動いた。

今、いとことキスしてるよな、まずいな、明日の朝からどうするんだよ私、みたいな気持ちがふっと消えて、獰猛《どうもう》ななにかが立ち上がってきた。いかにもテクニックがありそうで、実は手前勝手だった元夫との間にはなかったなにか激しいものが。

「どう？」

ちどりは言った。

「思ったよりも悪くないっていうか、いやじゃない。思ったより。いやだったらきっとちどりを突き飛ばして部屋を出ていくと思うんだけど。でも、いちばんびっくりしたのは女の人の唇って小さいってこと。小さいんだね。だから突き飛ばすなんてできないよ。」

私は言った。

これまでけんかしたり平手打ちしたり、突き飛ばして夜の町を走ったり。それって相手が男だからできたことだったのかもしれないな、と私は思った。

闇の中で私の声が妙にきれいにしんしんと響いた。

「そんなことさせるくらいだったら、私がやめるよ。多少ムラッとしてても。」

ちどりは普通に言った。

ああ、水商売の人はこういう局面に慣れすぎている、つまりはやっぱりプロなんだ。祖父母がふたりで店をやっていたのとは違う。ちどりはひとり女性としてあそこで人々と関わってきたんだ。

お茶飲む？　いいね。くらいの気持ちでこんなことをしてきたんだな。

そのキャリアの長さ自然さに私はおののいた。

住む世界が違う、そんな言葉が元夫を含めて思い浮かんだ。

「ところでちどり、ムラッときて私を使うんだったら、それってオナニーだよね？」

私はたずねた。

「私のことを好きだっていう気持ちはあるわけ？　この全部が口にするとすごくださいことになっちゃうけど。その上、私たち、女どうしだけでなくいとこどうしなんだよ。」

「理屈はないよ。今日はすごく淋しい夜で、となりにさっちゃんがいて、さっちゃんかわいいなと思っただけ。」

ちどりは言った。

ほんとうに元夫とメンタリティはあまり変わらないようだった。

そういう人っているんだなあ、と私は思った。

「じゃあさ、好きな気持ちはあるとしてさ、これからもつきあっていくってことになるわけ?」

私は言った。

それは困る、私はまだ男とつきあっていきたかったのだ。

「あ、それはないよ。」

ちどりは言った。

「でもわからない。どうなるかわからないな。」

「私は男とまたつきあいたいんだよ。」

私は言った。

「そりゃそうだよね。じゃあ、やめとくか……。」

ちどりはとなりに寝転んで宙を見つめた。

「やめといたら、いとこのままでいられるしねえ。」

私は言った。でもまだ心臓がどきどきしていた。

「うーん、でもやっぱやってみよう。」

ちどりは言った。そして私にのしかかってきた。

「遊びでもいいから、今夜楽しもう。今の淋しさを減らそう。」

「いっそう淋しくなる可能性あると思わない？」

私は言った。

「これ以上淋しくなることはないね。私たちに明日はないし、もしかしたら今さえもないのかもしれない。この変な町にいる限りは。」

ちどりは言った。

ああ、じゃあしょうがないね、よかったら私を使って、私も楽しむから。

私は目でそう訴えた。

不思議なことに闇の中、その言葉は通じた。

ちどりはうなずいて、私の体を触りはじめた。

その慣れた感じの奥には、ほんとうのちどりがいた。

そこはうまく言えない。私だって興奮しているから、ちゃんと考えながらそんなことをしているわけじゃない。でも、ほんとうのちどりは私にとってとても好きなものだった。ふだん人はほんとうの自分を生きているわけではない。相手に合わせたり、その日の気分だったり、体調だったりで使い分けて、いろんな人と溶け合っている。

でもその芯にはたったひとつ、いちばん自然な状態でこの世に唯一のその人がいる。

ちどりのそれはとても清潔で強く、孤独に耐え、ひとり歩むものだった。

だから遊びだという感覚はなく、とてつもない大きな愛に触れられているような感じがした。人間がとてつもなく悲しいものを超えたとき、こんなふうに大きなおおらかなものになってしまうのか、と驚くほどにちどりは大人だった。

「……あの、ちどりさん。」

私は言った。

「なあに？　さっちゃんさん。」

息が荒いちどりが優しい声で言った。

「私はなにもしなくていいんですか？　なんだか申し訳ないような。」

私は言った。

「いいんですよ、これが趣味なんだから。」

ちどりは微笑んだ。

スコーンもう半分食べる？　というときと全く同じ言い方だった。

私も次第にちどりとそんなことをやってることに慣れてきた。

「趣味……って言われても。」

私は言った。

「気恥ずかしいし酔いがさめちゃいそうだから服も脱がなくていいです。気持ち悪いでしょうから、舌も使わない。じっと目を閉じて寝ていてくれれば、私があっという間にあなたを三回くらいいかせてみせましょう。」

ちどりが手を止めずに言った。

すでに私はもう戻れない状態になっていた。

「でも、ちどりさんはつまらなくないですか？」

私は言った。

「さっちゃんは優しいなあ、そういうさっちゃんが大好き。」

ちどりが闇の中でうっとりと微笑んだ。

優しいわけじゃない、人の種類が違うだけなんだけれど、と私は思った。

「大丈夫、恥ずかしいから目をつぶっててくれたら、私も自分で勝手にやります。」

ちどりは言った。

「実は女とはそういうソフトな形でしかやったことがないのだ……。」

「了解しました。」

私は言って、目を閉じた。

それから後のことは、一生忘れないと思う。

ちどりの指は私のあらゆるところにそっと触れて、激しく動くことは一回もなかった。声を出さないのが精一杯で、私はじっと全てを味わっていた。

人生が変わるくらいに、ただ楽しくて幸せで気持ちがよかった。

あっという間に一回いかされてしまったら、ちどりが小さい声で、

「やった〜。」

と言った。

「ねえ、ちょっとしたらもう一回試してみてもいい？　きっともっとよくなるよ。」

ちどりは言った。

そして実際その通りだった。私はますます乱れ、ちどりはそのことでただ幸せそうだった。

目が覚めたら、となりで半裸のちどりがぐうぐう寝ていた。

全部夢だったと思いたいけれど、やっぱり違うよなあ……。

と私はぼんやりしていた。

朝の光がまた海から昇ってこようとしている。

このうすら温かくうすら寒い、不思議な町に。

ペンザンスというのは「聖なる岬」という意味だとガイドブックには書いてあった。

こんなのんびりした風景の中に聖なるものや魔がひそんでいるのだろうか。

そんなことを考えながら、こわいくらいにオレンジの朝日を見ていた。

この町の朝は、まだ空が薄暗いのにもかかわらず、部屋のものや寝ているちどりの顔がオレンジに染まるくらいの色の濃さなのだ。

するとちどりががばっと飛び起きた。

「あ、さっちゃん。えへへ、やっちゃったね。」

毛布にくるまって屈託なく笑うちどりを見ていたら、

「なんだ、ただもっと仲良くなっただけじゃん。」

と思って、そう口に出して言ってみた。

「うん、そうだよ。だいたい私めったにムラッとこないから、さっちゃん、ついてたね！　普段は口説いても落ちない鋼鉄の女と言われてるんだから。」

ちどりは言った。心からくつろいだ幸せな表情で。

そうか、こうならないとほんとうには打ち解けられない超不器用なタイプなんだな、と私は思った。

「ついてたって思うことにするよ。」

私は言った。

あまりにも自然に朝になったのでびっくりしていた。ほんの少し次元が違っているだけで、角度が違うだけで、その移行にはちっともぎくしゃくしているところがなかった。こんなこと日本にいたらありえない。この乾いた空気が、甘い風が、遠い海鳴りがそうさせているんだ、と私は思った。そしてこの町にきっとあふれている、ここで産まれここで死んでいった目に見えない人たち。その人たちの営みが私たちの中にいつのまにか入り込んでいるんだ。

「いやいや、やっぱりそんなことはないよ。やはり、ついてるものがついてるのはいいものだよ。それが入れるべきところに入るという、それが最強だよ。それ以外はやっぱり遊びだよね。」

ちどりは言った。

それもまた全く普通の言い方だったので、なるほどと思っただけだった。ほっとすることもなく、がっかりもしなかった。

昨夜、ちどりが最終的にはひとり爆睡したので、私はシャワーを浴びなおしていた。ちどりは朝「シャワー浴びてきます……」と言ってじゃあじゃあ音をたててシャワーを浴びていた。

つきあいたいわけでもなく、メロメロになってほしいわけでもなくて、ただこのまま親しくいようと思うだけの、静かな気持ちだった。

だれかとあんなすごいことをして、こんなふうに普通でいられたことがあるだろうか。いっしょに寝た相手を朝にまじまじと眺めて、なんていい顔してるんだろうと思って、その人を幸せな顔にしたことでなぜか自分に自信がついたことなんてあるだろうか。

これまでのことはみんななにかが違っていたのかもしれない、とさえ思った。

絶対的な信頼がないのに、ちょうどそこに機能があるからってなんとかやっていたことだったのかも。

次はこのくらい落ち着いた気持ちでだれかと寝よう、そんなふうにぼんやりとまた新しい希望の灯りがともった。

あらゆる意味ですっきりして、朝の光の中、もう食べ慣れた味のおいしい朝食を食べた。なじんだダイニングルームは清潔で、白いテーブルクロスがまぶしかった。イケメンシェフも私たちの顔を覚えていて、焼きトマトをひとつ多くしてくれた。そんなひとつひとつが旅の思い出だった。

もうすぐ旅が終わることを、私たちはひしひしと感じていた。

ちどりがちどりの光で周囲を満たしているように、私も独立した存在でありたいと切に願った。だれかを照らしたいと。

「ねえ、さっちゃん。聞いてもいい?」

ちどりがパンをもぐもぐ食べながら言った。

「なに?」

私はちどりを見た。

「正直言って、元だんなとやって、いったことある? ないように思えるんだけど。」

「うーん、実は偶然で数回くらいしかなかったかもしれないな。」

私は言った。

「彼は実に淡白な人で、常に全てがあっという間だった。」

「やっぱり！　やっぱり！」

ちどりは言った。

「そりゃ、別れた方がよかったよ。やっぱりさあ、幸せにならないと。全部の意味で。」

「ほんとうにそうだよね。」

私は言った。

「さて、最後の日か。今日はいっぱい写真も撮るし、お昼はクリームティだし、私はまだポテトに飽きてないからチーズのジャケットポテトも食べるし、たくさん飲むぞ！」

ちどりは言った。

「あ、今夜は絶対襲わないから安心してね。私今日から生理だし。」

「もう襲わせないよ。朝からいくいかないとか生理とかそういう話やめようよ！　生々しすぎてこのメルヘンチックなごはんがまずくなるじゃない。」

私は笑った。そう言いながらもちょっとほっとした。

ほんとうの恋をしてるわけでもないのにあんなこと毎日していたら死んでしまうか、飽きてしまう。

「いや、ここの朝ごはんは最高だよ。大満足。」

ちどりは言った。

「ほんとうに来てよかった。気持ちが明るくなった。この町の感じが今の私にはとてもしっくりくる。」

ちどりが淋しくなくなったことがなによりも嬉しかった。

あの二階の部屋で、おばあちゃんがいなくなったあと、ちどりはひとりでどれだけたくさん泣いたんだろう。

たくさん泣いて、ひとり立ち上がってそうじをして、閉めたスナックにお客さんも来ない淋しい夜をどれだけ過ごしたんだろう。

ちどりの身も心も私しか慰められなかったのかもしれないな、と思うと、自分が少し強くなったような気がした。

人にほんとうになにかをしてあげることは、常に少し痛みのあることなのだと思う。

二度目のセントマイケルズマウントは、前よりも風が強くて舟も揺れた。

しかし陽ざしは温かくて、草の匂いがふんわりとたちこめていて、やはりすてきなところだった。

前回混みすぎていてじっくりと見られなかった巨人の心臓だというハートの石にこんどこそとかけつけて触って写真を撮ったり、お城の応接間でただただたたずんで、飾られている肖像画や写真の中にいるそこに住んでいた歴代の人たちの気分を想像しながらしばらくくつろいだり、かわいらしい売店をじっくりと見ていろんな種類のチョコレートを買ったり、高台のバルコニーでただただ海を眺めてぼうっとしたり、いくらいてもなぜか飽きることはなかった。

さわやかな海風のせいか、町にはないほのかに温かい光のせいなのか。

「いいなあ、こんな休日。最高。それに、あの町のおかしな磁場はやっぱりここまでは届いてないね。気だるさが消えてすがすがしい。」

ちどりは塀にもたれて海を眺めながら言った。

ちどりが大好きだった。

これまでに好きになったどんな人よりも、自然に好きだった。胸に燃える火は暖炉のようではなく、ふつふつと燃える炭のように、心をきれいにする色をしていた。

かといって、これ以上なにがしたいわけでもなくて、今そうしていることが幸せだった。

「確かに、あの町は、ちょっと気だるいかもしれないし、なにかがずれている感じがする。」

私は言った。

「いずれにしてもロンドンに戻ったら、おのぼりさんみたいにきょろきょろしてしまいそう。」

下を見ると、城のてっぺんまで石畳を登ってくる人や降りていく人が小さく見えた。みんなそれぞれの国や町へ帰っていく、今だけここにいる人たち。その人々の流れに関係なくここで時を経ていくこの小島。やんちゃな巨人が住んでいたという伝説のある小さなかわいい場所。コーンウォールの王冠についた宝石と呼ばれる島。

海とその向こうに真珠のように白く光る対岸の町を眺めていたら、ふっと思い出した。

元夫を、ちどりを好きなように好きでいた瞬間が確かにあったことを。

元夫は、お母さんの連れ子として新しいお父さんの家に入ったという複雑な子ども時代を持っていた。

三歳のとき、お母さんがお見合いで再婚したそうだ。

新しいお父さんは経済的にもしっかりしていて、喜んで元夫を自分の子どもとして引き取ってくれたいい人ではあったが、特に子ども好きではなかった。先立った前の妻との間にも子どもがいなかったそうだ。つまり新しいお父さんは子どもと暮らしたことがなく、どう接していいのかわからない様子だったそうだ。

元夫は好かれなくてはいけないので、そしてお母さんの幸せのために、子ども心にも必死で明るくふるまい生き延びたのだと言っていた。

その努力が実って、年老いた両親は元夫を今も大切にしていた。

おまえがいると元気が出る、家の中が華やかになるよという親たちからの言葉はいっそう彼の特殊な性質を強化した。

高校大学とさんざんドロップアウトして海外をふらふらしていた彼なのに、なんでも好きなようにやりなさいと両親そろって応援してくれたらしく、とにかくすごくかわいがられていたし、経済的にも彼を助けていた。つまりかわいがられること、注目されること、好かれること……それが彼の命綱だった。

私ももちろん彼らに何回も会ったが、三人は仲のよいほんとうの親子にしか見えなかった。お母さんは内気であまり上手にしゃべれないタイプの、外見も地味な美人だった。お母さんが言いたいことをいち早く察して次々に笑いに変える元夫はまさに道化のようだった。そして彼は義理のお父さんに対しては少し話しかたを変えて、彼の好むような男らしい自立の考えやさりげない気遣いをやたらに示していた。

それを見て私は泣きたくなった。

こうしないと生き延びてこられなかったんだろうな、と幼い彼の姿を想像したのだ。頭の回転が速い彼は、どうしたら自分がその家でよい位置にいられるか真剣に考えたのだろう。

結婚して数ヶ月の頃、休みが合わなかったのでふたりで有休を取って、この旅行では絶対に仕事の話はしないようにしようねと約束し合って、京都の山の中に行った。

夏の雨がしとしとと降る日だった。

小さい部屋を予約していたのだけれど、親切な宿の人がベランダ付きの部屋に換えてくれた。木でできた「デッキというよりはどう考えてもベランダ」みたいなそのスペースには雨がしとしとあたっていた。窓の外はふっくらと茂った夏の勢いある木の葉と、なぜかぽかんとした空き地みたいな草っ原があった。その向こうは普通の雑木林で、わけがわからない立地だった。多分だけれどそこにもともとは、あるいはこれからなにかを建てようとしていたのだと思う。そうでないと説明がつかない空きっぷりだった。

元夫はいつもなにかしらに感激したりしゃべったりして、旅をするときいつもまるで女の友だちのようだったが、そのときだけは湯あたりしたのか、たまたま人生とその瞬間がフィットしていたのか、珍しくしんとしていて、病気なのかと思うくらいだった。持ちまえの過剰なサービス精神もなりをひそめ、私たちはただただ、ぼうっと並んで寝転んでいた。ふたりの間にはけっこうな距離があったが、なぜかふたりは腕をいっぱいに伸ばして、手をつないでいた。彼の乾いていて温かい大きな手は彼自身よりも雄弁に彼の人生を語っていた。

そして目の前にはただただ濡れた雑草の茂った空き地があった。

なにもない景色、それが妙にその日のはかないふたりに合っていた。

「のんびりしていていいねえ。」

元夫は言った。

「雨だから出かけられないしね。」

私も言った。すると、彼は言ったのだ。

「でも出かけなくてもここで雨を見てるだけで幸せだなあ。生まれてからこんなふうに幸せな安らいだ気持ちになったことがあるだろうか。」

いつものように芝居がかったような、私を喜ばせるための言い方ではなく、彼の心と体からため息のようにふともれた言葉だった。

私は、彼のようなタイプの人からその静けさを引き出せたその瞬間こそが奇跡だと思って、そのあまりの重みになにも言えなかった。

昨夜ちどりに身を捧げたときと全く同じような気持ちで、このような人がこのような心の開き方をするなんて奇跡だと思ったら、とにかく言葉で汚してはいけないと思ったのだ。なにか言ったら彼の中の大切なものをいっぺんに壊してしまう。

そしてふたりは黙って、雨に濡れる草っぱらを見ていた。

そのとき通い合っていたものを、私たちは、私は、育てられなかったのだ。

そう感じたら、泣きそうになった。

もっと普通に、力をいれず、手をかけて、余裕をもって、ふたりであれを育てるべきだったのだ。あれがたとえめったにないものでも、十年に一個くらいしかなくても、あるからには育てようとするべきだった。目を向けるべきだった。そこからなにかが始まりかねなかったのに。

ちどりの強いリクエストで、島の売店の上の同じレストランにクリームティをしにいった。イギリスではいつもいろいろなクロテッドクリームを食べたけれど、ここで使ってるブランドのがいちばんおいしいのだとちどりは言った。

セントマイケルズマウントのきれいなレストランは、観光地らしく団体さんが多いからだろう、ものすごく長いテーブルがはるか店のはじまでずらっと並んでいる。真ん中あたりの景色のよいところに、私とちどりは並んで座った。

私はパリにいたちどりと違ってこのところイギリスにいたし、そのこってりさにけっこううんざりしていたので、ジャケットポテトとクリームティをひとつずつ頼んでふたりで分けることになった。

クリームティのクロテッドクリームは単なるこってりした生クリームではないのだ、という話をちどりはしはじめた。牛乳を煮て、一晩置かないとできないけれど、日本の薄い牛乳ではなかなかむつかしいとか、そういう話だ。

私もメモなど取って真剣に聞いていたら、長いテーブルの向こうのはしに座っていたお年寄りの男女混合のグループから、ひとりのおばあさんがこちらにやってきた。彼女は笑顔で言った。

「あなたたちはクロテッドクリームの作りかたについて話している?」

「そうです。」

私は言った。

「日本語で話していたのに、よくわかりましたね。」

「なんとなくわかったのよ。」

おばあさんは微笑んだ。

かなり太っていて、花柄の服を着て、ニットのスカートをはいていた。外見的には彼女は細くて体が軽そうだったうちのみどりおばあちゃんと全然似ていなかったのだが、そのおばあちゃんが笑うと前歯のあいだがあいているのが目だつところや、目が細くなってきらきらするところ、そしてよく働くであろうそのごつごつした感じの手が、ピンポイントでものすごく祖母に似ていた。

祖母と別れてから、こんなに生々しく祖母を思い出したことがあっただろうか、と私は思った。

生きた肉体の発する匂いや温度や気配の強さを改めて感じた。

きっとちどりもそう思っていたのだと思う。

おばあさんはちどりのとなりに座って、クロテッドクリームの話をしはじめた。

彼女はあえてゆっくり英語を話してくれた。その声の出し方もなぜか祖母によく似ていた。

祖母が天使になって彼女をつかわしたのではないかと思うくらいだった。

「あのね、普通の牛乳ではこの濃厚さは出ないの。コーニッシュに伝わるとても脂肪分が多い牛乳でないと。だから、もしも日本で作るなら、なるべく低温殺菌で濃厚なものを選んで、マスカルポーネチーズを入れたり、コンデンスミルクを入れてみたり、なにか工夫をしないとだめ。私は日本人の友だちに以前そう教えたのよ。その人の言うには、日本の牛乳ってやたらに薄いんですってね。だから私考えたの。何を入れたら近くなるのかしらって。」

メモを取っていたちどりは、しばらくおばあさんを見つめたかと思うと、顔を下に向けて、こらえきれないように泣き出した。

おばあさんはびっくりして、

「あなたどうしたの?」

と言った。

「最近ばあちゃんが亡くなって。懐かしくて。私ばあちゃんに育てられたんで。」

ちどりは泣きながらもしっかりした声でそう言った。

おばあさんはちどりをぎゅっと抱きしめた。

「あなたが元気で生きていくことが、おばあさまの願いだと思うわよ。この歳になると、若い人たちのことをそういうふうにしか考えないものなのよ。」

と言った。

「はい。」

ちどりは言って、泣いていた。

おばあさんの匂い、手のしわ、悪い色の爪のゆがみ、首のたるみ。声の震え。全てが亡くなる前のつらい姿ではなく、まだ立ち働いていてほんの少し元気だった頃の祖母のことを思い出させた。私も彼女にとても会いたくなって、懐かしく思った。

私は涙をにじませながら、ふたりと窓の外に咲き乱れる花を見ていた。すごく長い時間に感じられたけれど、じゃあね、あなた痩せすぎてるから、もっと食べて、体を大事にしなさいよ、と言いながらちどりのおでこにキスをしておばあさんはゆっくりレジに歩いていった。おばあさんの仲間たちがレジで待ってくれていた。みなこわいくらい親切な目をして私たちを見ていた。全く冴えない幽霊みたいな私たちを、まるでこの世でいちばん美しく輝く花束を見るみたいな目で。

「ああ泣けた。」

ちどりは言った。

「今の私は、おばあさんというおばあさんが恋しくてさ。」

「うん。」

私はただうなずいた。

ポットに新しくお湯をついでもらい、私たちは温かいお茶を飲んだ。

ますますこの世にふたりしかいないような気がした。

おばあさんの、袖口が汚いところ。歯が入れ歯で真っ白いところ。髪の毛がぱさぱさなところ。ニットがやたらに毛玉だらけなところ。

どれもこれもが生々しく胸に迫ってきて、ちどりの気持ちがわかりすぎた。

私の母だって、もうじょじょにそういう感じになりつつあるのだ。

「自分たちもあのようにきっちりおばあさんになるまでがんばろう。」

私は言った。

「なにそれ。」

ちどりが赤い目で笑った。

「私、もうさっちゃんには一生ムラムラしないことを誓う。」

小舟に乗って岸に戻る途中でちどりが言った。

「なにそれ。」

私は吹き出した。

「だって、昨日のこと思い出すとなんかいま恥ずかしいもん。やっぱりいとことはやらないほうがいいね。恥ずかしいから。」

ちどりは言った。

「酔った上でのあやまちってことで。」

私は言った。ちょっとほっとした。少しもがっかりはしなかった。全てはこの町が見た夢なんだと思えてきた。この町が見せた、ではない。

この町が、私とちどりの夢を見たのだ。

波が舟にちゃぷん、ちゃぷんと当たる透明な輝きを見ながら、ますますそう確信していた。

「さっちゃんがさっぱり系で助かった。もし、好きになられたらこまるし。いとこだから。」

ちどりは真顔で言った。

「あのさあ、ちどり、言ってることに突っ込みどころが満載だよ。」

私は笑った。そして言った。

「私、昔かなり遊んでたから、相手が女なのは初めてだけど、こんなのよくあることだったよ。さすがに三十過ぎたら減ったけど。だいたいずっと結婚してたしね。

だからさ、朝の気まずさも、だんだん忘れていく感じも、懐かしいくらいだよ。だれだってあるよね、ムラッときてとりあえず目の前の人とやろうと決めることって。でもさ、だったらどうしてそのクマさんっていう人と寝ないの？　結局は結ばれないってことだったら、私だってクマさんだって変わらないじゃない。」

私が若いとき遊んでいたのはほんとうだった。

いろんな人と寝て、不思議に親しいときを過ごした。

今となってはみんな、夢の中のことみたいに淡くていい思い出だった。

長く続かないことは、なんだっていつしか人生の夢のゾーンの中に沈んでいくのだ。

そして私はほんとうにちどりはクマさんとつきあえばいいと思っていた。できることなら一時でもいいから、今の淋しい状態にあるちどりに幸せになってほしかったのだ。

「もちろん、一番の原因は奥さんやお子さんがいるからだと思う。」

ちどりは言った。

「奥さんと東京に来ているときもあるんだ、クマさん。」

そこで舟が岸についたので、私たちはよいしょと階段に飛び移り、岸へと登っていった。小舟はまた人を乗せて、海に浮かぶケーキみたいなセントマイケルズマウントへとゆっくり進んでいった。

「いっしょにお店に来るの？」

私はたずねた。

「それが、いっしょには来ないんだよね。私、ふたりを銀座で見かけちゃったの。ただ一緒に歩くふたりの姿を。私、普通だったらあいさつするのに、なぜかとっさに隠れたよ。」

ちどりはとても悲しそうに言った。

それを聞いていたら、ちどりがとてもみすぼらしく悲しい存在に思えてきた。汚い路地裏の古い一軒家でやっている場末のバーで育った、親のない子。ちどりははじめてそんなふうに見えた。

そして私は悟った。ちどりは、自分のことをずっとそんなふうに思いながら生きてきたんだということを。

無口だからそうは言わないが、常にそんなふうに控えめな気持ちでいたんだと。

でも私はちどりがムラムラしているときの強い命の輝きや、人に対してほんとうに優しい気持ち、少女のようにきれいなただただ優しい気持ちを持っていることを知っていた。ちどりはよくやってきたすごい人なんだから、そんなふうに思う必要はないと思っていた。

「そうかそうか。」

私は言った。そしてちどりと腕を組んだ。

「あ、これはいとこの腕組みね。」

「はいはい。もう襲いませんから、大丈夫ですよ。」

ちどりは言った。

「酒が入ったら、どうだか。」

私は笑った。

でも、私はもう断れるから、大丈夫だと思っていた。

昨日のことはちどりにも私にとっても、切実なことだったけれど、これからは遊びになっていってしまうだろう。必然がない。

それには興味がなかった。

いちどだけの、奇跡の、夢の中のできごとでいい。

歳をとって思い出したら、実際にあったことだっけ？　それとも空想だったっけと思うくらいがいい。

「でも、ちどりは自分を誇っていいと私は思うよ。その生き方は他に比べるものがないくらいすばらしいものだと思う。でも、隠れたのはそれだけじゃなくって、そのふたりを見て動揺したんじゃない？　彼に恋してるからこそ。」

私は言った。ちどりはうなずいた。

「いっしょに歩くふたりを見たら胸がどきどきして、あんまり痛くて、自分でもびっくりしたよ。ふたりを見たら、ふたりの長い長い歴史が伝わってきたんだ。お子さんを育てたり、仕事のうえできついことがあったり、お歳暮買いに行ったり、けんかしたり、仲直りしたり、同じ巣にいる動物みたいにくっついて過ごしたり、そんなふうに積み重ねたふたりの歴史がその佇《たたず》まいにはつめこまれていたんだ。

クマさんはその夜、普通にお店にやって来たから『東京にはおひとりですか？』って聞いたら、うなずいたんだよね。そのとき、私、この人私に気があるんだなと嬉しく感じた反面、とても淋しくなった。

奥さんを思い出したの。全身が地味で、でもとてもすっきりした顔のきれいな奥さんだった。歳はとっていたけれど、少女みたいに、体格のいいクマさんのとなりを歩いていた。きっとふたりはずっとこうやって来て歩いて来たんだろう、と思った。クマさんとももしも寝たら、脱いだシャツもハンカチも、みんなクマさんの奥さんが毎日の中でもはや義務感さえなく、普通のリズムで取り揃えたものなんだよね。クマさんのカバンも、靴下も、みんなふたりの家、子どもたちを育てた家からやってきたものなんだよね。

不倫っていうのは、要するにとことんそういうものなんだよ。一見楽しく見える。ホテルはそうじもしなくていいし、シーツだって換えなくていい。おいしいもの食べて、お酒飲んで、セックスして、いいことずくめ、最高じゃない？　と思う。

でもそれは、さっちゃんの元だんなさんの思ってるきらびやかでいつもふんわり楽しい人生と同じで、実はすごくつまんないものなんだよね。ひたすら皿を洗ったり、ふきんでふいたり、ばかほど洗濯物干したり、シーツ換えて腰痛めたり、なんかそういうのがないと、人との関係って深くはならないんだよ。どうしたって。どうしてだかは知らないよ。でも、そういうふうにできてるみたいね。」

海を見ながらちどりは言った。

「ま、そうじゃない人もたくさんいるかもしれないとは思うんだけれど、少なくとも私はそうなんだ。」

「ところでクマさんって、稲熊さんとか、熊谷さんとか、そういう名字なの？」

私はたずねた。

「違うよ、大きいからあだ名がクマさんなだけ。ほんとうは佐伯さんって言うの。」

さえきさん、と言ったときの少し恥ずかしそうなちどりがかわいらしかった。

「そうなんだ、なんだか話からはまだイメージわかないわ。でもちどりかわいい、ほんとうに彼のこと好きなんだね。」

私は言った。

ちどりはぷいと横を向いて、ちっと舌を鳴らした。


最後の夜なので、すっかりなじみみたいな気持ちになったホテルのとなりのタイ料理屋さんにもう一度行った。

店のご主人もタイ人の細い奥さんも、再度やってきた東洋人の私たちに喜びの声をあげ、にこにこ微笑みながらいろいろサービスしてくれた。

タイのさつま揚げとか、グリーンカレーとか。

頼んだ分よりもサービスのお皿の方が多いのではないかというくらいだった。

私たちはまるでこれからもずっとこの町に住むような気持ちで、野菜たっぷりのごはんをおいしく食べた。わりと早い時間に行ったのでまだ店は空いていて、私たち以外には一組しかいなかったので、彼らはずいぶん何度も私たちのテーブルに寄ってくれた。

ご主人は背がとても大きくがっちりした体格で、黒縁のめがねをかけたまじめそうなイギリス人だった。手がすくと私たちの席に来て「タイに行って、バンコクの高級デパートの中のカフェで、偶然となりの席に座っていた妻にはじめて会ったとき、ほんものの女神だと思いました。今でも彼女が眠っている顔を見るとき、これこそが仏像の美しさだと思うんですよ。」

などという話をしみじみしてくれた。

「こんな美しい人間がこの世にいるなんて、って思ったんです。妻はお金持ちのひとり娘だったので、こちらに連れて来るときはかけおち同然でした。今ではもちろん妻の実家と行き来があります。また、子どもたちが信じられないくらいかわいく生まれてきて……タイ人はほんとうに美しいのです。彼らといると、僕は自分が大きくてぶかっこうなしわだらけの象になったような気がしてきます。」

きちんとシャツを着てエプロンをかけ、壁によりかかって腕を組み、遠い目をしてその話をしている彼の向こう側にはきっとイギリスの田舎町ではなくはじめて彼女に会ったタイの雑踏が見えていたのだろうと思う。

高級デパートのぴかぴかのフロアを行き交う裕福なタイの人たち。

出会った瞬間、英語で挨拶を交わす若いころのこのご夫婦を私は思い描いた。

お店の壁に飾られている国王と王妃の若き日の写真に面影が重なった。そして母国から遠い場所で飾られている若き日の国王たちは所在無く見えた。

今夜もまた店中に広がるタイのきらきらした装飾に囲まれていたら、この町にいるときにいつもつきまとっていた異国にいる淋しさをふと忘れた。

「やっぱり、アジアはほっとするね。ここにいるだけで、気持ちが和らぐのを感じるもの。全然文化が違うのにね。タイと日本では。」

私は言った。

「そういう意味では、スナックは日本人の心のふるさとかもしれないね。」

「スナックは、行き場をなくした人たちの心の最後のよりどころなんだよ。」

タイのシンハビールをおかわりしながら、ちどりは言った。

「私たちがいなかったら、世の中もっと悪くなってる。だから私は自分の仕事をわりと気に入っているんだ。」

私は、ほんとうにそうだと思って、うなずいた。

人生は船のように進んでいく、ゆっくりと景色は変わっていく。それを自分で止めることはできない。その景色の中で、ふっと気づくといろんな年齢のちどりの笑顔がいつもあった。祖父はきれいな色のカクテルを作り、祖母がていねいに、音がするくらいしっかりと力を入れてグラスを磨いている。その手つきは永遠を思わせるくらい安定していた。

きっと常連さんは死ぬときに一瞬だけかもしれないがその光景を思い出すだろうな、と思った。

「バーだってスナックだっていい、カウンターが私の前にあれば、十秒で私はお店の人になれる。それが私の人生なのです。」

ちどりは言った。

「単純にさ、グラスがやたらいっぱいあってその後ろが鏡だと、とにかく全部がきらきらするじゃない。そこで毎晩気持ちがどんどんあがっていくんだよね。あれは、ステージハイと同じくらいの気分だよ。私、いつか子どもを産んで、子どももスナックで育てようと思う。」

「ちどりのいるところ、そこは地球上のどこであれ、すなわちスナックだということですな。そしてできれば三代目を育成したいと。そういうことね。」

私は言った。

ちどりはうなずいて笑った。

最後の夜だということがわかっていた。途中ちょっとしたアバンチュールもあった。

しかし、帰ったらまたそれぞれの人生に戻っていかなくてはいけない。

こんなにいっしょにいるのに、やっぱり私には育ての両親を亡くす気持ちはまだわからないし、ちどりには離婚の苦しみはわからない。それぞれの痛みを抱えて船はのろのろ進む。永遠に同じ毎日が続くかのように進んでいく。

この町で、私たちは小さな井戸の底から遠い空をみあげるみなしごたちみたいだった。

「その人の人生を決めていく、そういうしばりってなんだろうね？　祝福なのか、呪いなのか？」

ちどりは言った。

「たとえば私がもしさっちゃんだったら、あのだんなと離婚しないと思うんだよね。まあいいじゃん、って感じで。離婚面倒くさいし、楽しいしさって。まあそもそもあんなテンションの高い男を好きにならないから仮定もできないんだけど。私は地味で理系で柔道強そうな、そんな感じの人が好みだからさ。」

「うん、そうかもね……。私はどうしても、きちんと結婚したり離婚したりしなさいって思い込まされていて、それから、勤勉に手足を使って働きなさいって両親に教えられていて、そこはどうしてもはずすことができなかったな。はずしたくなかったんだと思うよ。」

私は言った。

「でもね、ほんとうにほんとうに愛してたら、いや、愛せそうな予感がしたら、どんなに自分と価値観が違ったって続けたと思うよ。私はやっぱりあのサービスに負けて、自分をほめて高めてくれる、世話してくれる感じにおぼれて、単に自分のつごうで彼を好きになったんだと思う。離婚は両成敗だよ。ちどりの言う通り、自分に得だったはずの彼のあの浮ついた感じにだんだんついていけなくなっただけ。彼の弱いところを許してあげられなかった。」

「だとしたらやっぱりそうとう早い決断だよね。だって、人をほんとうにほんとうに愛するって、それはそれはたくさん時間かかるんじゃない？」

ちどりは言った。

「そうだね……時間をかけてもよかったのかもしれないのにね。なんで離婚に至ったんだろう？　自分のつごうを差し置いてまで愛せる気が全くしなかったからなんだろうと思う。

毎日が楽しくて、それを重ねていったら愛になりましたって、そういうものでは決してなかった。まるで借金を抱えている人みたいに、今だけは借金のことを忘れていようってむりに見ないようにして楽しいと思うような、そんな日々の積み重ねだった。

入院している人が一時帰宅して、病院のことは今だけ忘れようって思うような切実でありがたい忘れかたではなく、明日の朝仕事上の重要なミーティングがあるけど、すごくいやな人がいて気が重い、だから飲んじゃえ、みたいな甘えた逃げの時間だった。言ってること伝わってる？」

私は言った。生姜《しょうが》と鶏のおいしい炒め物を食べながら。胃にしみてくるような味だった。やっぱりだしの味からは離れられない。それと全く同じように、私の育ちが私を規定して、ちどりの育ちがちどりを規定して、そういうものを変えるにはとてつもない気楽さや、どれだけの時間がかかったか忘れてしまうほどの根気が必要なのだろう。

「わかるよ。痛いほど。でも、さっちゃんのせいだけじゃない。さっちゃんだけが逃げていたわけじゃないと思うから。やっぱり結局は彼が彼自身を愛してなくて、ほんとうはえらく不安定だったからどうしても積み上げられなかったんじゃない？　そういう人といると消耗《しょうもう》するよ。

その一時帰宅の話だけど、じいちゃんもばあちゃんもそれによく似たことがあったじゃない？　やっぱりね、彼らは自分を愛していて人生に自信があったから、常に堂々としてたよ。病院だろうと家だろうと。でも、そういう人たちだからこそ、家にいるときにほんとうの笑顔を見せてくれた。私はそういうとき本気でまた彼らが病院に戻るということを忘れたよ。彼らは身をもって私をそうさせてくれたんだ。無理してじゃない。『ちょっと耳かきとって』『冷蔵庫のトマト食べない？』そんな言葉さえ、この生活が永遠に続く前提で語られていた。だから私は彼らを愛することができた。痛みが出れば怒りもぶつけられたし、『ひとりにしてくれ』って、あの狭い家の中で言われても！　っていうようなことだってもちろんたくさんあったよ。でもそんな小さな刺《とげ》みたいなことがあったって私たちは常にどこか落ち着いていたし、すぐ取り戻せたし、あやまりの言葉を交わし合い、元に戻った。いつでもなにもかもが今目の前にあり普通だった。だからこそ、私も落ち着いていられた。彼らが常に自分の生き方に自信のない状態だったら、多分私も彼らを愛せなかったと思う。私たちの生活は永遠に安定しているから、今も私は安定している。」

ちどりは言った。

「とにかく不安定は人としていけないよね、やっぱ。特に男はね、あれこれ説明してくれなくてもいいから、どっしりが命だよ。」

「そうだね……うちのお母さんの言う通り、いくら時間を重ねても、心を許してくれなかったから。彼は。」

私は言った。

目から涙がぽろりと出てきた。

ほんとうは心許してほしかった。もっと無言の時間をもてるくらいに。そして、静かに過ごしたかった。特別な言葉がなくても、相手をほめ殺しにしなくても、派手に料理を作って並べなくても、特に面白いニュースがなくても、人と人はそっと地味な光が内側から照らすような寄り添い方ができるんだよ、ということをわかってほしかった。

でもそんなことに彼は全く興味がなかったのだから、しかたない。

人は人を変えることができない、私が傲慢《ごうまん》だったのだ。

そしてなんと、人は自分を変えることさえもなかなかできないのだ。

形状記憶合金のようにひたすらに元の場所に戻ろうとする、それがどんなに苦しい場所であろうとも。それが人間なのだ。

どうせ元に戻るならせめて自分の望んでいる場所に分け入っていくのがベストだから、ちどりはカウンターの向こうに才能を活かせる場所を見つめ、彼は人気者の店長として次々女の人を見つけて生きていくしかないのだろう。

私は両親のたどってきたような穏やかな愛を求めながら、また現実に参加したくてきっと広報のような仕事をするのだろう。名もない人間として足を棒にして取材に立ち合ったり、慣れない英語を駆使して、必要な書類をひとつひとつ集めて、現地で影響力のあるメディアと交渉して、海外支店を立ち上げる手伝いをしたり……ああ、同じようなあんなことがまたしたい。全てを忘れて目の前のことができる、それが目に見えて人と人をつなげていく、そういう仕事が恋しい、辞めてはじめてそう思った。

多分もう二度と会うことのないタイ料理屋さんのご夫妻は、ドアに並んで私たちを見送ってくれた。

帰り際、ガラスのドアの前に立つふたりの笑顔が背景のタイの旗や装飾に映えて、一枚の写真のように美しい光景だった。地の果てに暮らすふたりはいつまでも手を振ってくれた。きっとここで生きてここで死んでいくふたり。風景に溶け、異国人に料理を供しながら、過ぎていく彼らの人生。私やちどりやこの世のだれもと同じように、ただ過ぎていく。

入り口のバーで最後のギネスを一杯飲んで、部屋に上がった。

ふたりとも昨日のことはなかったような感じで、あれはまるで別の次元で起きたことのような気分でいた。今日はあの祭りのあとなのだから、ことさらにすっきりしている、そんな感じだった。

なにもかもが元に戻ってただのいとこどうしの旅。前以上に普通だった。荷物をつめて、おみやげの話をしたり、お茶をいれて飲んだり、交代でシャワーを浴びたりしていた。

あえてなかったことにしている気まずささえもなかった。

「開店パーティとかするの?」

私は言った。

「うん、地味にやる。来てね。出会いもあるかもしれないし。」

ちどりは言った。

いくつになっても踊りに行くのが好きなちどりは、意外にクラブ系やDJの若い友だちが多いので、店はにぎやかになるだろうという話をした。そこで若い彼を見つけるのもいいかもよ、とちどりは言った。

「スナックみどりもすっかり代替わりだね。」

と私は言い、

「きっとそれをばあちゃんも望んでいると思うのよね。」

とちどりは言った。

「ばあちゃんはスナックはもうやめて、って言ってた。私たち大人が守ってあげられないからって。大人って言われても、私だってもういい歳なんだけどね。ばあちゃんたちから見たら、いつまでたっても子どもだったんだろうなあ。」

「うん、ちどりにひとりでスナックをやられたら私とお母さんもちょっと心配になるし。でもさ、新しいことはすてきだけど、時間が経ってしまったのはやっぱり切ないね。あの閉店パーティはとてもよかったな。」

私は言った。

祖父が亡くなってしばらくして、体もきついしそろそろきちんといったんお店をたたもうと思う、と祖母は決心し、それをちどりに告げた。

繊細《せんさい》なちどりがどんなに切ない気持ちでそれを受け止めたのか、想像もできない。

お店のお客さんも平均年齢が七十歳くらいだったし、年々訃報《ふほう》が増えていくばかりだった。病気、事故、自殺……生きている人同士が出会っても、話題はそんな感じで、それをみんな小さい体で受け止めていたのが祖母だった。

祖父を亡くしてからは、祖母が心身ともに人々の人生のそんなあれこれの全てを受け止める余裕がなくなってきたことは私にさえ伝わってきた。むりをしてまで続けても、祖母の大切ななにかが損なわれていくであろうことがわかった。

近くにいたちどりはもっと切実にそれを感じていただろう。

盛大に閉店パーティをして先代の「スナックみどり」は最後を飾った。

その日から三ヶ月後くらいに、祖母のがんが発覚した。これからはいっしょにゆっくりとあちこちに旅行に行ったりしようね、と言っていた矢先だったのに、結局祖母は闘病中にちどりと山梨と九州の温泉に行ったきりだった。休暇になるとお客さんに誘われていろいろな場所に飛び回っていた祖母の、それらは最後の旅だった。祖母とちどりのその旅の写真をみたけれど、その雰囲気は祖母の全てがいちばん勢いがよくて華やかだった頃の影みたいにひっそりとしていて、もう終わりが近づいていることを感じさせた。

閉店の夜、祖母は昔のままにきれいにお化粧して歌を歌い、みんなで昔のビデオを観て、思い出話に涙ぐみ、これまでのいろいろなお客さんが出たり入ったりした。

その日だけは、みんな精一杯元気に若々しくふるまっていた。

道にまでいつのまにかお店が広がったその夜はにぎやかに終わった。

だれからも苦情は来なかったし、ところどころで涙ぐむ人もいっぱいいた。だれもが優しく声をかけてくれたし、花を届けてくれた。母の生け花を含め、お店は花でいっぱいだった。

まるで開店したかのように。

歌声は道に響き渡り、建物の合間に見える星空にも響いた。

私たちはひとつの時代が終わる切なさをいっぱいにかみしめながら、一夜限りとばかりに思い切り華やぐお年寄りたちを眺めていた。ひとりひとりが若いときのままの気持ちでそこに集い、もう残り時間が短いことをこころえながらも全く忘れていた。時空を超えたような不思議なパーティだった。

祖父母とちどりが場を提供してこつこつとつくり出したであろうたくさんの思い出が目に見えない光のように店じゅうを彩っていた。

そこでたくさんの夜の集いがあり、いろいろな時期があり、店に来るときは人々は常に、人生が有限だということをひとときだけ忘れてカウンターに座ったのだ。

それぞれの人が店に来てはじめて祖父母に会ってから、ずいぶんと長い時間がたっていただろう。みな当時は若かったのだろうし、祖父母も若かった。

はめをはずしたり、失恋したり、出世したり、落ちぶれたり、出向したり、だれかを亡くしたり、数えきれないほどのいろいろなことがあったのだろう、そう思った。

それぞれが若いときの気持ちに戻ってそこにいるのに、見た目だけはすっかりおじいさんやおばあさんになっているのが不思議なくらいだった。

歴代のチーママたちも濃いお化粧でやってきた。フェリーニかデヴィッド・リンチの映画か？　というくらい不思議な光景だった。彼女たちは社交ダンスをする人たちが着るようなきれいなドレスを着て店の中を歩き回り、祖母を手伝ったり、祖母の肩を揉んだりしていた。

「終わってくものの枯れたきれいさっていうのには、これから始まるものの華やかさと同じくらいのよさがある。私は、若いうちにそれを見ることができて、知ることができてほんとうによかった。この世には美しさが全くないものは一個もないんだ。見つけるほうの目にそれがあれば、どんなものでも美しさを持ってる。」

ちどりは言った。

そんなちどりの横顔もとても美しかった。

なんで私たちはいつのまにこのような人生の船に乗せられてしまったのだろう？　流れていく環境を受け入れて、咀嚼《そしやく》して、美しさの中を進んでいくだけのために。

「明日ロンドンで、あさってからまたパリか……パリでやたらにもてるんだよね、私。こっちにひとりくらいボーイフレンドでも作って帰ろうかな、中年期に備えて。」

ちどりは言った。シートパックを顔にしっかりとはりながら。さっちゃんもこれやりなよ、イギリスは乾燥してるから、と言って、私にもパックをくれた。

私もシートを取り出し、顔にパックをはりながら言った。

「いいなあ、パリ。私、ロンドンでは日本人が多すぎるせいか、ちっとももてないんだけど。」

「遊びにおいでよ。ユーロスターならすぐじゃない。週末にサンジェルマンデプレでお茶しようよって、その約束だけでもとってもかっこよくない？」

ちどりは笑った。

それはこの旅にまたちょっと未来の光、小さな第二章が加わった瞬間で、思わず笑顔がこぼれた。

「行く行く、まだ二週間あるから。ほんもののカフェドゥマゴにも行きたい。一日中ぼうっと座っていたらだれかと出会うかな。」

私は言った。

「まあ、さっちゃんは次は慎重にしないと。もうあんな手品師みたいな人にひっかからないでね。私ほど地味な好みになれとは言わないからさ。」

ちどりは言った。

「手品師とかアマリリスとか、みんなほんとむちゃくちゃ言うよねえ……、私、みんなに話題を作ってあげられてよかったよ、あの結婚。でも、夢を見せてくれる人の舞台裏にはもうあまり近づかないよ。」

私は言った。

「そうそう、さっちゃんには最高に幸せでいてもらわないとさ。ばあちゃんもそう言ってたよ。あの子はいい子だから、幸せでいてほしい、一生ちどりを助けてふたり仲良くいてほしいってさ。」

ちどりは言った。

私の心の闇にぽっと祖母の面影が灯り、通り過ぎた。

そんなことをしているうちに、ちどりはパックをしたままぐうぐう寝てしまった。

私はそうっとちどりの顔のシートをはがしてゴミ箱に捨て、電気を消した。

ちどりは寝てしまったけれど、私はひとり目覚めていてもうあまり淋しくなかった。

窓の外は変わらない闇の海でいっぱいだったけれど、ここでごはんを食べ、セックスし、くり返しドアをあけ、顔を洗い……生活をしたことでもうここが私たちのホームになっていたので、淋しさは少しだけ消えていた。旅の魔法が私たちを包んでいた。

そうかあ、どんなに積み重ねても、ずっとホームっていうものができないから不倫は淋しいんだね、と私は独り言を言って、電気を消した。

「いっしょに写真を撮ってもらえますか？」

最後の朝、イケメンシェフにちどりはそう言って、イケメンシェフは恥ずかしそうに笑顔を見せて、私は携帯電話のカメラで朝の光の中真っ白いお皿たちといっしょに並ぶふたりの写真を撮った。

ちどりはちょっとはにかんで、朝なのでやっぱり少し顔が腫れていて、そこがチャーミングだった。

せっかくだからと私もいっしょに撮ってもらい、慣れ親しんだスタイリッシュな盛りつけの朝ご飯をたっぷりの紅茶といっしょに食べながら、写真を見た。

すてきな若いイギリス人青年と、満面の笑みで並んで写る私たちがいた。

「これはもう、完全におばさんだよ。おばさんの行動。」

私は言った。

朝の海が冷たく遠く波立っていた。

目の前のT字路は白く輝いて静かな町を貫いていた。

「いいんだよ、おばさんになって、おばあさんになって、ただそれでいいんだよ、きっと。」

　ちどりは言った。

「それがなにより最高なんだ。一回きりの、この上ないことだよ。」

　私はうなずいて、ほんとうにそうだねと微笑んだ。

　昔はそう思わなかった。新しいもの、始まるものが好きだった。古びないもの、キラキラしたもの、暗くないものが。

　でも今はなにもかもが大切な旅の景色のひとつになっていた。

　新しい古い、良い悪い、どんどんそんな区別がなくなっていき、自分の芯になるものだけが残る。あれ？　自分しかいない、淋しい、そう思って周りを見たら、広い海だか川だかには同じような船がたくさん。

　そういう感じがいちばんいいな、と思った。

「何時の電車に乗る？」

　ちどりが時刻表を取り出して、紅茶の横に広げた。

　私たち、今はここにいる。この一点にいる。

そう思ったら、またひとつ隠されたカーテンが開いたような気がした。どれだけ開けていけるのか、どれだけ希望を灯してから船を降りるのか。

朝の光の中、時刻表を真剣に見るちどりの前髪がさらさら動いていた。

生きている証だ、と私はそれを幸せな気持ちで見ていた。

温かい紅茶を飲みながら。

五日間だけ、私はスナックちどりに貸し切りで入り浸った。

幸せな春先だった。

それでいいのだった。

あとがき

父が亡くなった直後、まだぽかんとしているときにイギリスに行った。

現実は夫、子ども、大野百合子ちゃん、大野舞ちゃん、友だちのじゅんちゃん、スペインの友だち俊ちゃん、近所の本屋さんのはっちゃんというよくわからないメンバーでのわいわい旅だった。小説のような色っぽく薄暗い旅ではなかった。毎日びっくりするほどビールを飲んだり、スピリチュアルな遺跡を求めてさまよったり、幽霊の出る井戸の底をじっと覗き込んだりして、みんなでずっと笑っていた。

父が生きている最後に会ったとき、意識不明の父の横で「お父さんの状態が悪いからイギリス行くのやめようかな」と半泣きで友だちと話したことを思い出す。

父はそれを聞いて早く逝ってしまったのだろうか？　申し訳ないようなありがたいような切ない気持ちを抱いたままで、目を閉じれば生きていた父よりも死んだ父がたくさん思い浮かんで、つらい旅でもあった。

でもその旅のメンバーも今はてんでばらばらな土地に住み、滅多に会えなくなっている。その頃は毎日のように会えた人たちなのに、すでにもういろいろな変化が起きている。だからあのときにしかできないすばらしい旅をあの人たちとちゃんと楽しんだことをよかったと思っている。

この小説に出てくる海に近いホテルは、私が泊まったペンザンスのホテルそのものなのだが、そのあとに訪れたエイブベリーのホテルの部屋がやたら花柄でかわいらしく、小ぢんまりしていて温かくて、荷物を降ろしたときに急に「なんだか幸せだな」と思った。寒い中をたくさん歩いて、夕方ホテルにたどりついて、家族三人で同じ部屋にいて、これから友だちたちとホテルの食堂にごはんを食べに行く。そのことがほんとうにありがたく幸せに思えたのだ。父の死という重いできごとの暗いメロディがずっと背景に流れていたようなその旅だったが、その瞬間に私は初めて「今」に戻った、そんな気がする。

この小説を書いて以来、女友だちが微妙に私を疑わしい目で見るようになって痛し痒し（？）なのだが、私が言いたかったことは女どうしだからどうということではなく、人がほんとうに弱っているときには変な磁場ができて異様なことも起こりうるし、そんなことも時の流れのなかで自然に昇華されていくという「八〇年代の教え」のようなものである。

やっとのことで生きていた時期であろう、弱っているこのふたりの女性の姿を小説の世界に焼きつけることができたことを、嬉しく懐かしく思う。

今この小説のことを考えるといつも浮かんでくるのは朝倉世界一さんの描いてくださった、すばらしい色彩の表紙だ。この色が私の言いたかったことをみんな表しているように感じた。

読んでくださったみなさん、文庫化を手伝ってくださったみなさん、ありがとうございます。

2016年2月　　吉本ばなな（名字を漢字に戻しました）

初出　「文學界」二〇一三年三月号
単行本　二〇一三年九月　文藝春秋刊

文春文庫

スナックちどり

定価はカバーに表示してあります

2016年5月10日　第1刷
2025年3月10日　第2刷

著　者　よしもとばなな
発行者　大沼貴之
発行所　株式会社 文藝春秋

東京都千代田区紀尾井町3-23　〒102-8008
TEL 03・3265・1211(代)
文藝春秋ホームページ　https://www.bunshun.co.jp

落丁、乱丁本は、お手数ですが小社製作部宛お送り下さい。送料小社負担でお取替致します。

印刷製本・TOPPANクロレ

Printed in Japan
ISBN978-4-16-790606-1

（　）内は解説者。品切の節はご容赦下さい。

石田衣良
コンカツ？
顔もスタイルも悪くないのに、なぜかいい男との出会いがない！　合コンに打ち込む仲良しアラサー4人組は晴れて幸せをつかめるのか？　コンカツエンタメ決定版。（山田昌弘）
い-47-32

石田衣良
MILK
切実な欲望を抱きながらも、どこかチャーミングなおとなの男女たちを描く10篇を収録。切なさとあたたかさを秘めた、心と身体をざわつかせる刺激的な恋愛短篇集。（いしいのりえ）
い-47-35

乾　くるみ
ハートフル・ラブ
実習グループの紅一点をめぐる理系男子の暗闘を描いた「数学科の女」や日本推理作家協会賞の候補となった「夫の余命」ほか、どんでん返しの名手の技が冴える珠玉のミステリ短篇集。
い-66-6

岩井俊二
ラストレター
「君にまだずっと恋してるって言ったら信じますか？」裕里は亡き姉・未咲のふりをして初恋相手の鏡史郎と文通する――不朽の名作『ラヴレター』につらなる、映画原作小説。（西崎　憲）
い-103-2

川上弘美
溺レる
重ねあった盃。並んで歩いた道。そして、ふたり身を投げた海。過ぎてゆく恋の一瞬を惜しみ、時間さえ超える愛のすがたを描く傑作短篇集。女流文学賞・伊藤整文学賞受賞。（種村季弘）
か-21-2

川上弘美
センセイの鞄
駅前の居酒屋で偶然、二十年ぶりに高校の恩師と再会したツキコさん。その歳の離れたセンセイとの、切なく、悲しく、あたたかい恋模様。谷崎潤一郎賞受賞の大ベストセラー。（木田　元）
か-21-3

角田光代
それもまたちいさな光
幼なじみの雄大と宙ぶらりんな関係を続ける仁絵。しかし、二人には恋愛に踏み込めない理由があった……。仕事でも恋愛でも岐路にたたされた女性たちにエールを贈るラブ・ストーリー。
か-32-8

（　）内は解説者。品切の節はご容赦下さい。

角田光代
おまえじゃなきゃだめなんだ
ジュエリーショップで指輪を見つめる二組のカップル。現実とロマンスの狭間で、決意を形にする時―すべての女子の、宝石のような確かで切ない想いを集めた恋愛短編集。
か-32-11

川村元気
四月になれば彼女は
精神科医・藤代に〝天空の鏡〟ウユニ湖から大学時代の恋人の手紙が届いた――失った恋に翻弄される十二か月がはじまる。恋愛なき時代に挑んだ「異形の恋愛小説」。（あさのあつこ）
か-75-3

菊池　寛
真珠夫人
気高く美しい男爵令嬢・瑠璃子は、借金のために憎しみ抜いた相手のもとへ嫁ぐ。数年後、希代の妖婦として社交界に君臨する彼女の心の内とは――。大ブームとなった昼ドラ原作。（川端康成）
き-4-4

桐野夏生
玉蘭
東京の生活に疲れ果てた有子は編集者の仕事も恋人も捨てて上海に留学する。ある日、枕元に大伯父の幽霊が現れ…。魔都上海を舞台に、過去と現在が交錯する異色の恋愛小説。（篠田節子）
き-19-22

小池真理子
ソナチネ
刹那の欲望、嫉妬、別離、性の目覚め……。著者がこれまで一貫してテーマにしてきた人間存在のエロス、生と死の気配が濃密に描かれる、圧巻の短篇集。（千早　茜）
こ-29-9

桜木紫乃
氷平線
真っ白に凍る海辺の町を舞台に、凄烈な愛を描いた表題作、オール讀物新人賞「雪虫」他、全六篇。北の大地に生きる男女の哀歓を圧倒的な迫力で描き出した、瞠目のデビュー作。（瀧井朝世）
さ-56-1

佐々木　愛
プルースト効果の実験と結果
東京まで新幹線で半日かかる地方都市に住む女子高生の不思議な恋愛を描いた表題作、オール讀物新人賞受賞作「ひどい句点」等こじれ系女子の青春を描いた短篇集。（間室道子）
さ-76-1

（　）内は解説者。品切の節はご容赦下さい。

料理なんて愛なんて
佐々木　愛

素敵な女性＝料理上手？　料理が嫌いな優花は、好きな相手に高級チョコを渡すもあっさり振られてしまう。彼の新しい恋人は、なんと料理教室の先生で……瑞々しくキュートな長編小説。

さ-76-2

神様の暇つぶし
千早　茜

夏の夜に現れた亡き父より年上のカメラマンの男。臆病な私の心に踏み込んで揺さぶる。彼と出会う前の自分にはもう戻れない。唯一無二の関係を鮮烈に描いた恋愛小説。（石内　都）

ち-8-5

不機嫌な果実
林　真理子

三十二歳の水越麻也子は、自分を顧みない夫に対する密かな復讐として、元恋人や歳下の音楽評論家と不倫を重ねるが……。男女の愛情の虚実を醒めた視点で痛烈に描いた、傑作恋愛小説。

は-3-20

野ばら
林　真理子

宝塚の娘役・千花は歌舞伎界の御曹子との恋に、親友の萌は年上の映画評論家との不倫に溺れている。上流社会を舞台に、幸福の絶頂とその翳りを描き切った、傑作恋愛長編。（酒井順子）

は-3-59

マチネの終わりに
平野啓一郎

天才クラシックギタリスト・蒔野聡史と国際ジャーナリスト・小峰洋子。四十代に差し掛かった二人の、美しくも切なすぎる恋。平野啓一郎が贈る大人のロングセラー恋愛小説。

ひ-19-2

ダブル・ファンタジー（上下）
村山由佳

女としての人生が終わる前に性愛を極める恋がしてみたい。三十五歳の脚本家・高遠奈津の性の彷徨が問いかける夫婦、男、自分自身。文学賞を総なめにした衝撃的な官能の物語。（藤田宜永）

む-13-3

（　）内は解説者。品切の節はご容赦下さい。

村山由佳
花酔ひ
浅草の呉服屋の一人娘結城麻子はアンティーク着物の商売を始めた。着物を軸に交差する二組の夫婦。身も心も焼き尽くすねじれた快楽の深淵に降り立つ、衝撃の官能文学。（花房観音）
む-13-5

山田詠美
風味絶佳
七十歳の今も真っ赤なカマロを走らせるグランマは、孫のままならない恋の行方を見つめる。甘く、ほろ苦い恋と人生の妙味が詰まった極上の小説六粒。谷崎潤一郎賞受賞作。（高橋源一郎）
や-23-6

山田詠美
ファーストクラッシュ
母を亡くし、高見澤家で暮らすことになった少年・新堂力は、父の愛人の子であった。三姉妹も母も魅了され、心をかき乱されていく。初恋の衝撃を鮮やかに描く傑作！（町屋良平）
や-23-11

綿矢りさ
勝手にふるえてろ
片思い以外経験ナシの26歳女子ヨシカが、時に悩み、時に暴走しながら現実の扉を開けてゆくキュートで奇妙な恋愛小説。文庫オリジナル「仲良くしようか」も収録。（辛酸なめ子）
わ-17-1

綿矢りさ
しょうがの味は熱い
煮え切らない男・絃と煮詰まった女・奈世が繰り広げる現代の同棲物語。二人は結婚できるのか？　トホホ笑いの果てに何かが吹っ切れる、迷える男女に贈る一冊。（阿部公彦）
わ-17-3

一穂ミチ・窪　美澄・桜木紫乃・島本理生
遠田潤子・波木　銅・綿矢りさ
二周目の恋
一筋縄ではいかない、大人の恋って？　島本理生、綿矢りさ、波木銅、一穂ミチ、遠田潤子、桜木紫乃、窪美澄ら第一線の現代人気作家たちが紡ぐ、繊細で豪華なアンソロジー！
わ-17-50

（ ）内は解説者。品切の節はご容赦下さい。

赤川次郎
赤川次郎クラシックス
幽霊列車
山間の温泉町へ向う列車から八人の乗客が蒸発。中年警部・宇野は推理マニアの女子大生・永井夕子と謎を追う——。オール讀物推理小説新人賞受賞作を含む記念碑的作品集。（山前　譲）
あ-1-39

有吉佐和子
青い壺
無名の陶芸家が生んだ青磁の壺が売られ贈られ盗まれ、十余年後に作者と再会した時——。壺が映し出した人間の有為転変を鮮やかに描き出した有吉文学の名作、復刊！（平松洋子）
あ-3-5

芥川龍之介
羅生門《らしょうもん》 蜘蛛《くも》の糸《いと》 杜子春《とししゅん》 外十八篇
昭和、平成とあまたの作家が登場したが、この天才を越えた者がいただろうか？　近代知性の極に荒廃を見た作家の、光芒を放つ珠玉集。日本人の心の遺産「現代日本文学館」その二。
あ-29-1

朝井リョウ
武道館
【正しい選択】なんて、この世にない。「武道館ライブ」という合言葉のもとに活動する少女たちが最終的に〝自分の頭で〟選んだ道とは——。大きな夢に向かう姿を描く。（つんく♂）
あ-68-2

朝井リョウ
ままならないから私とあなた
平凡だが心優しい雪子の友人、薫は天才少女と呼ばれる。成長に従い、二人の価値観は次第に離れていき、決定的な対立が訪れるが……。一章分加筆の表題作ほか一篇収録。（小出祐介）
あ-68-3

阿部和重
オーガ（ニ）ズム（上下）
ある夜、瀕死の男が阿部和重の自宅に転がり込んだ。その男の正体はCIAケースオフィサー。核テロの陰謀を阻止すべく、作家たちは新都・神町へ。破格のロードノベル！（柳楽　馨）
あ-72-2

彩瀬まる
くちなし
別れた男の片腕と暮らす女。運命で結ばれた恋人同士に見える花。幻想的な世界がリアルに浮かび上がる繊細で鮮烈な短篇集。直木賞候補作・第五回高校生直木賞受賞作。（千早　茜）
あ-82-1

（　）内は解説者。品切の節はご容赦下さい。

人間タワー
朝比奈あすか

毎年6年生が挑んできた運動会の花形「人間タワー」。その是非をめぐり、教師・児童・親が繰り広げるノンストップ群像劇。無数の思惑が交錯し、胸を打つ結末が訪れる！　（宮崎吾朗）

あ-84-1

げいさい
会田　誠

田舎出の芸大志望の僕は、カオス化した美大の学園祭の打ち上げに参加し、浪人生活を振り返る。心を揺さぶる表現とは。揺れ動く青年期を気鋭の現代美術家が鮮明に描いた傑作青春小説。

あ-94-1

蒼ざめた馬を見よ
五木寛之

ソ連の作家が書いた体制批判の小説を巡る恐るべき陰謀。直木賞受賞の表題作を初め、「赤い広場の女」「バルカンの星の下に」「夜の斧」など初期の傑作全五篇を収録した短篇集。（山内亮史）

い-1-33

おろしや国酔夢譚
井上　靖

船が難破し、アリューシャン列島に漂着した光太夫ら。厳寒のシベリアを渡り、ロシア皇帝に謁見、十年の月日の後に帰国できたのは、ただのふたりだけ。映画化された傑作。（江藤　淳）

い-2-31

四十一番の少年
井上ひさし

辛い境遇から這い上がろうと焦る少年が恐ろしい事件を招く表題作ほか、養護施設で暮らす子供の切ない夢と残酷な現実が胸に迫る珠玉の三篇。自伝的名作。（百目鬼恭三郎・長部日出雄）

い-3-30

怪しい来客簿
色川武大

日常生活の狭間にかいま見る妖しの世界——独自の感性と性癖、幻想が醸しだす類いなき宇宙を清冽な文体で描きだした、泉鏡花文学賞受賞の世評高き連作短篇集。（長部日出雄）

い-9-4

受け月
伊集院　静

願いごとがこぼれずに叶う月か……。高校野球で鬼監督と呼ばれた男が、引退の日、空を見上げていた。表題作他、選考委員に絶賛された「切子皿」など全七篇。直木賞受賞作。（長部日出雄）

い-26-4

（　）内は解説者。品切の節はご容赦下さい。

伊集院　静
羊の目
男の名はサイレントマン。神に祈りを捧げる殺人者——。戦後の闇社会を震撼させたヤクザの、哀しくも一途な生涯を描き、なお清々しい余韻を残す長篇大河小説。（西木正明）
い-26-15

池澤夏樹
南の島のティオ　増補版
ときどき不思議なことが起きる南の島で、つつましくも心豊かに成長する少年ティオ。小学館文学賞を受賞した連作短篇集に「海の向こうに帰った兵士たち」を加えた増補版。（神沢利子）
い-30-2

絲山《いとやま》秋子
沖で待つ
同期入社の太っちゃんが死んだ。私は約束を果たすべく、彼の部屋にしのびこむ。恋愛ではない男女の友情と信頼を描く芥川賞受賞の表題作。「勤労感謝の日」ほか一篇を併録。（夏川けい子）
い-62-2

絲山秋子
離陸
矢木沢ダムに出向中の佐藤弘の元へ見知らぬ黒人が訪れる。「女優の行方を探してほしい」。昔の恋人を追って弘の運命は意外な方向へ——。静かな祈りに満ちた傑作長編。（池澤夏樹）
い-62-3

伊坂幸太郎
死神の精度
俺が仕事をするといつも降るんだ——七日間の調査の後その人間の生死を決める死神たちは音楽を愛し大抵は死を選ぶ。クールでちょっとズレてる死神が見た六つの人生。（沼野充義）
い-70-1

伊坂幸太郎
死神の浮力
娘を殺された山野辺夫妻は、無罪判決を受けた犯人への復讐を計画していた。そこへ人間の死の可否を判定する〝死神〟の千葉がやってきて、彼らと共に犯人を追うが——。（円堂都司昭）
い-70-2

阿部和重・伊坂幸太郎
キャプテンサンダーボルト（上下）
大陰謀に巻き込まれた小学校以来の友人コンビ。不死身のテロリストと警察から逃げきり、世界を救え！　人気作家二人がタッグを組んで生まれた徹夜必至のエンタメ大作。（佐々木　敦）
い-70-51

（　）内は解説者。品切の節はご容赦下さい。

（　）内は解説者。品切の節はご容赦下さい。

江國香織
赤い長靴
二人なのに一人ぼっち。江國マジックが描き尽くす結婚という不思議な風景。何かが起こる予感をはらみつつ、怖いほど美しい十四の物語が展開する。絶品の連作短篇小説集。（青木淳悟）
え-10-1

小川洋子
妊娠カレンダー
姉が出産する病院は、神秘的な器具に満ちた不思議の国……妊娠をきっかけにゆらぐ現実を描く芥川賞受賞作。『妊娠カレンダー』『ドミトリイ』『夕暮れの給食室と雨のプール』。（松村栄子）
お-17-1

小川洋子
やさしい訴え
夫から逃れ、山あいの別荘に隠れ住む「わたし」とチェンバロ作りの男、その女弟子。心地よく、ときに残酷な三人の物語の行き着く先は？　揺らぐ心を描いた傑作小説。（青柳いづみこ）
お-17-2

小川洋子
猫を抱いて象と泳ぐ
伝説のチェスプレーヤー、リトル・アリョーヒン。彼はいつしか「盤下の詩人」として奇跡のように美しい棋譜を生み出す。静謐にして愛おしい、宝物のような傑作長篇小説。（山﨑　努）
お-17-3

奥田英朗
無理（上下）
壊れかけた地方都市・ゆめのに暮らす訳アリの五人。それぞれの人生がひょんなことから交錯し、猛スピードで崩壊してゆく様を描いた傑作群像劇。一気読み必至の話題作！
お-38-5

大宮エリー
思いを伝えるということ
つらさ、切なさ、何かを乗り越えようとする強い気もち、誰かのことを大切に想う励まし……エリーが本当に思っていることを赤裸々に、自身も驚くほど勇敢に書き記した、詩と短篇集。
お-51-3

荻原　浩
ひまわり事件
幼稚園児と老人がタッグを組んで、闘う相手は？　隣接する老人ホーム「ひまわり苑」と「ひまわり幼稚園」の交流を大人の事情が邪魔するが。勇気あふれる熱血幼老物語！（西上心太）
お-56-2

（　）内は解説者。品切の節はご容赦下さい。

尾崎世界観
祐介・字慰
クリープハイプ尾崎世界観、慟哭の初小説！　売れないバンドマンが恋をしたのはピンサロ嬢――。「尾崎祐介」が「尾崎世界観」になるまで。書下ろし短篇「字慰」を収録。（村田沙耶香）
お-76-1

開高　健
ロマネ・コンティ・一九三五年
六つの短篇小説
酒、食、阿片、釣魚などをテーマに、その豊饒から悲惨までを描きつくした名短篇集は、作家の没後20年を超えて、なお輝きを失わない。川端康成文学賞受賞の「玉、砕ける」他全6篇。（高橋英夫）
か-1-12

川上弘美
真鶴
12年前に夫の礼は、「真鶴」という言葉を日記に残し失踪した。京は母親、一人娘と暮らしを営む。不在の夫に思いを馳せつつ恋人と逢瀬を重ねる京は、東京と真鶴の間を往還する。（三浦雅士）
か-21-6

川上弘美
水声
亡くなったママが夢に現れるようになったのは、都が弟の陵と暮らしはじめてからだった――。愛と人生の最も謎めいた部分に迫る静謐な長編。読売文学賞受賞作。（江國香織）
か-21-8

角田光代
空中庭園
京橋家のモットーは「何ごともつつみかくさず」……普通の家族の表と裏、光と影を描いた連作家族小説。第三回婦人公論文芸賞受賞、小泉今日子主演で映画化された話題作。（石田衣良）
か-32-3

角田光代
対岸の彼女
女社長の葵と、専業主婦の小夜子。二人の出会いと友情は、些細なことから亀裂を生じていくが……。孤独から希望へ、感動の傑作長篇。直木賞受賞作。（森　絵都）
か-32-5

門井慶喜
東京、はじまる
下級武士ながら学問に励み洋行、列強諸国と日本の差に焦り、恩師コンドルから仕事を横取り！　日銀、東京駅など近代日本の顔を作り続けた建築家・辰野金吾の熱い生涯。（吉田大助）
か-48-8

（　）内は解説者。品切の節はご容赦下さい。

川上未映子
乳《ちち》と卵《らん》
娘の緑子を連れて大阪から上京した姉の巻子は、豊胸手術を受けることに取り憑かれている。二人を東京に迎えた「私」の狂おしい三日間を、比類のない痛快な日本語で描いた芥川賞受賞作。

か-51-1

川上未映子
夏物語
パートナーなしの妊娠、出産を目指す小説家の夏子。生命の意味をめぐる真摯な問いを、切ない詩情と泣き笑いの極上の筆致で描く、エネルギーに満ちた傑作。世界中で大絶賛の物語。

か-51-5

川村元気
四月になれば彼女は
精神科医・藤代に〝天空の鏡〟ウユニ湖から大学時代の恋人の手紙が届いた――失った恋に翻弄される十二か月がはじまる。恋愛なき時代に挑んだ「異形の恋愛小説」。（あさのあつこ）
か-75-3

川村元気
百花
「あなたは誰？」。息子を忘れていく母と、母との思い出を蘇らせていく息子。ふたりには、忘れることのできない〝事件〟があった。記憶という謎《ミステリー》に挑む傑作。（中島京子）
か-75-5

伽古屋圭市
クロワッサン学習塾
小学校の教員を辞め、小学4年生の息子と実家に戻った黒羽三吾。父が営むパン屋で働きはじめるが、店でみかける少女が気にかかっていた。彼にはかつての教え子への後悔もあって……。

か-84-1

菊池　寛
マスク
スペイン風邪をめぐる小説集
スペイン風邪が猛威をふるった100年前。菊池寛はうがいやマスクで感染予防を徹底。パンデミック下での実体験をもとに描かれた「マスク」ほか8篇、傑作小説集。（辻　仁成）
き-4-7

桐野夏生
夜の谷を行く
連合赤軍事件の山岳ベースで行われた仲間内でのリンチから脱走した西田啓子。服役後、人目を忍んで暮らしていたが、ある日突然、忘れていた過去が立ちはだかる。（大谷恭子）
き-19-21

（　）内は解説者。品切の節はご容赦下さい。

木内　昇《のぼり》
茗荷谷の猫
茗荷谷の家で絵を描きあぐねる主婦。染井吉野を造った植木職人。画期的な黒焼を生み出さんとする若者。幕末から昭和にかけ各々の生を燃焼させた人々の痕跡を掬う名篇9作。（春日武彦）
き-33-1

車谷長吉
赤目四十八瀧心中未遂
「私」はアパートの一室でモツを串に刺し続けた。女の背中一面には迦陵頻伽の刺青があった。ある日、女は私の部屋の戸を開けた——。情念を描き切る話題の直木賞受賞作。（川本三郎）
く-19-1

窪　美澄
さよなら、ニルヴァーナ
少年犯罪の加害者、被害者の母、加害者を崇拝する少女、その運命の環の外に立つ女性作家……各々の人生が交錯した時、何を思い、何を見つけたのか。著者渾身の長編小説！（佐藤　優）
く-39-1

久坂部　羊
善医の罪
延命治療の中止を決意し、患者を尊厳死に導いた女医・白石ルネ。しかし三年後、ルネは積極的に安楽死させたと告発され、逮捕、起訴される。圧倒的リアリティの医療×法廷サスペンス！
く-43-1

小池真理子
沈黙のひと
生き別れだった父が亡くなった。遺された日記には、父の心の叫び——娘への愛、後妻家族との相克、そして秘めたる恋が綴られていた。吉川英治文学賞受賞の傑作長編。（持田叙子）
こ-29-8

小手鞠るい
瞳のなかの幸福
恋愛も結婚も封印し、ひとりで一生生きていくため、理想の家を買った矢先、金色の目をした「小さくて温かいもの」が現れ……。「幸せ」の意味を問い直す、傑作長編。（長岡弘樹）
こ-43-3

佐木隆三
復讐するは我にあり
改訂新版
列島を縦断しながら殺人や詐欺を重ね、高度成長に沸く日本を震撼させた稀代の知能犯・榎津巌。その逃避行と死刑執行までを描いた直木賞受賞作の、三十数年ぶりの改訂新版。（秋山　駿）
さ-4-17

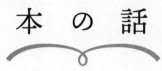